身勝手な束縛

MIGATTENA SOKUBAKU

「ぁあ……や……んっ」

　指先と口とで両方の胸を愛撫され、
郁海はまるで自分からねだるようにして胸を突き出してきた。

「もっとか?」

「うん……」

　愛撫に少しずつ蕩ろけていく身体は媚薬のようだった。

身勝手な束縛

きたざわ尋子

12893

角川ルビー文庫

目次

イラスト／佐々《さっさ》　成美《なるみ》

1

窓の外からは、スクランブル交差点が見えている。

信号が青になって人が一斉《いっせい》に歩きだすと、色とりどりの傘《かさ》が動きだし、それぞれの速さで向こう岸へと渡《わた》っていく。

だがそれらはガラスに映る内側の光景の向こうに見えているものだ。そして郁海《いくみ》の顔も、映っているものの一つだった。

小さな顔に、大きな目。さらさらの髪《かみ》は、いまどき珍《めずら》しく真っ黒なままだ。それが余計に色の白さを際立《きわだ》たせている。

高校二年生になったというのに、相変わらずそうは見てもらえない童顔に、高いとも言えない身長。おまけに食べても食べても身にならず、手も足も何もかもが細くできていた。おかげでよく「可愛《かわい》い」なんて言われてしまう。小さいのだから仕方がないと思ってはいても、あまり嬉《うれ》しくはないことだった。

「何か面白《おもしろ》いものでもあるのか?」

「いえ……」

週に一度、佐竹《さたけ》郁海は実の父親と一緒《いっしょ》に夕食を摂《と》ることにしている。

彼は郁海が中学一年のときに初めてその存在を知った人物で、初めて対面を果たしたのは、その三年後、つまり去年のことだった。

父親だという実感はそろそろ湧《わ》いてきたものの、それを口にはしていない。

言えばおそらく、手が付けられなくなるほど舞《ま》い上がるか、図に乗るかのどちらかだろう。ずっと放《ほ》ったらかしにしていたくせに、一度父性愛に目覚めた途端《とたん》に加減がわからなくなって、彼は溶《と》け出した飴《あめ》細工のようにベタベタに甘い、滑稽《こっけい》な父親になった。

つい去年までのクールな親子関係が嘘《うそ》のようだ。

どうして中間がなかったのかと、溜《た》め息《いき》をつきたくもなる。

「あと二週間だね」

語尾《ごび》が弾《はず》んで聞こえてきたのは、おそらく郁海の気のせいではない。正面の席で赤ワインのグラスを手にしながら、田中弘《たなかひろし》という凡庸《ぼんよう》な名前を持つ父親は、揺《ゆ》れる赤い液体から郁海へと視線を移した。

こうして見ている限りは、実年齢《じつねんれい》よりも若く見える立派な紳士《しんし》だ。洗練されているし、品もいいし、ワイングラスを持つ姿も嫌味《いやみ》なくらいにしっくりしている。

郁海から見てもそうだった。

なのに実体は、女にだらしない、仕事以外は本当にどうしようもない男なのだ。何度も郁海はそのとばっちりを受けた。

考えてみれば、郁海は出生のときからもう田中の迷惑《めいわく》を被《こうむ》っていたのだった。

じっと顔を見て、内心で溜め息をついた。

やはり似ていない。親子なんだから、もっと似ている部分があってもいいのに、どういうわけかこの父親とは外見上で似たところを見つけられないのだった。だからといって、性格が似ているかというと、これもまたまるで違《ちが》う。

探すのを諦《あきら》めて食事に戻《もど》ろうとすると、柔《やわ》らかい響《ひび》きの声が聞こえた。

「楽しみだね」

本当に楽しそうだった。

三ヶ月近く前に、郁海は田中と約束を取り交《か》わしている。

いまだに一度も彼を父と呼んだことのない郁海は、三ヶ月間、女性を個人的な意味で近づけなかったら父と呼んでくれと、半ば一方的に約束させられた。

その日までが、あと二週間なのだ。

「どうせ僕が呼んだ途端、女の人のところへ行くんでしょう?」

「信用がないな」

「誰《だれ》だってそう思いますよ、きっと」

現に郁海の恋人《こいびと》だって笑いながらそう言った。そもそも三ヶ月の女断《おんなだ》ちですら驚異《きょうい》的なことだというくらいだから、相当に誉《ほ》められない私生活を送ってきたのだろう。

子供という新しいオモチャに夢中になっているだけじゃないかという思いは、いまだに心の中にこびりついている。そうじゃない、本当に父親としての愛情に目覚めたのだと皆《みな》は言うし、そうかもしれないとも思うのだが、十何年間も放って置かれたという思いは、郁海の中で意固地に頑張《がんば》ってしまっている。

現に目の前の男は、ゲームを楽しんでいるようにさえ見えるのだ。親子ごっこ、と言い換《か》えてもいいかもしれない。

嫌《きら》いではない。ないが、これが父親かと思うと憂鬱《ゆううつ》にもなってくるというものだ。

グラスに手を伸《の》ばして、味の濃《こ》い、まるでトマトジュースのような色をしたオレンジジュースを口にした。

ブラッドオレンジジュースは、田中と食事をするようになって初めて口にしたものの一つだ。イタリアに本店のあるこのレストランは、気後《きおく》れするほどの堅苦《かたくる》しい高級感はなく、郁海にとっては肩《かた》の力が入らない場所だ。スタッフも日本人とイタリア人がいるが、郁海たちのテーブルを担当しているのは、ギャルソンスタイルのスタッフではなく、スーツを身に着けたイタリア人だった。

おそらく上のほうの人なのだろうが、郁海はつい彼が視界に入ると、目をそちらに向けてしまう。

「さっきから、どうしたのかな？　気になる人でも？」

「……ネクタイが気になっちゃって」

何しろ、派手だ。いや、すでに派手という言葉で括《くく》っていいものかどうかも悩《なや》むような凄《すさ》まじい柄《がら》と色なのだ。

その凄まじいネクタイが、ちょうどまた近づいてきた。

「スズキのポワレ、バルサミコソースです」

流暢《りゅうちょう》な日本語を聞きながらも、郁海の目はネクタイに向かってしまう。

カラフルなビリヤードのボールが大きく重なり合うようにプリントされたそれは、赤だの青だの黄色だのと色味も賑《にぎ》やかで、しかもボールの数字までそれぞれよく見えている。

一体、どこで売っているのだろうかと聞きたくなるような代物《しろもの》だった。

「郁海。冷めるよ」

「あ……はい」

慌《あわ》てて皿に意識を戻しながら、ふと郁海は考える。

そういえば、郁海は恋人がネクタイを締《し》めているところをあまり見たことがない。弁護士なのだからそれも必要なスタイルだろうに、少なくとも郁海はほとんど目にしたことはないのだった。

「あの……」

「うん?」

「加賀見さんて、ネクタイしてますか？」

「……いきなり加賀見の話かい？」

田中は少し呆《あき》れたような顔をした。失望というほど大げさなものではなさそうだが、残念そうな響きがあるのも否《いな》めなかった。

「私より、君のほうが確実に加賀見と会っていると思うんだがね」

「それはそうなんですけど、僕はほとんど家でしか見ないし……。事務所へ行ったときも、ネクタイしてなかったんですよ」

そんなことでいいのだろうかと、ふと思う。

弁護士とは言っても、加賀見英志《えいし》は法律相談をしていないし、仕事はほとんどが田中からの依頼《いらい》なので、身なりを堅苦しく調《ととの》える必要はさほどないのだ。だがもちろん郁海の知らないところできちんとした恰好《かっこう》をすることもあるはずだった。そうだと思いたい。

「なるほど……誕生日プレゼントというわけかな？」

田中はグラスを置いて、じっと郁海の顔を見やった。

そう、もうじき加賀見の誕生日なのだ。出会ってから最初に迎《むか》える恋人の誕生日を意識しないわけにはいかない。

数日前から、郁海は折に触《ふ》れてそのことばかりを考えていた。

「たまに、必要があればしているよ」

「そうですか……」

「私は少なくとも週に五日は締めているかな」

「はぁ……」

何が言いたいのだろうかと、郁海は手を止めて田中を見つめた。

物言いたげに口元をむずむずさせているのは、紛《まぎ》れもなく父親なのだ。五十を過ぎているのに、子供みたいだと思う。実年齢よりも若く見えるし、郁海の目から見てもけっこういい男だと思うのだが、いかんせん中身はわがままな子供の部分がとても強い。

「実はね、私と加賀見は誕生日が一緒《いっしょ》なんだよ」

「は……？」

思わずぽかんと口を開けてしまって、慌ててきゅっと口を引き結んだ。

そんなのは初耳だが、考えてみれば郁海は田中のパーソナルプロフィールを目にする機会なとほとんどなく、わざわざ話題にしたこともなかったので、当然とも言えた。それに加賀見の誕生日にしたところで、たまたま免許証《めんきょしょう》を見る機会があったから知っただけのことだ。

「……何か、欲しいですか？」

ふと気がついて尋《たず》ねてみると、待っていたように田中は目を細めた。

「うちに来ないか？」

「はい？」

口に運ぼうとしていたスズキの身が、ぽろりと皿の上に落ちた。

「一度、うちにおいでと言ったんだよ」

すまして食事を続ける田中は、大したことを言ったという素振《そぶ》りも見せない。実際、来週の約束を口にするのとそれは変わらなかった。

けれども郁海にしてみれば驚《おどろ》くべきことだ。認知すると言い出したときと同じくらいに衝撃《しょうげき》的だった。

郁海はまだ一度も田中の自宅へ足を踏《ふ》み入れたことがない。住所は知っているが、実際に外からでさえ見たことはなかった。

田中には郁海の母親ではない、妻の蓉子《ようこ》がいる。彼女は郁海のことを快く思ってはおらず、一度は排除《はいじょ》しようとしたこともあったくらいで、今は外国で気ままに過ごしていると聞き及《およ》んでいた。

その蓉子に遠慮《えんりょ》して、田中は今まで郁海を家に連れていこうとはしなかった。親子関係の修復を試みながらも、与《あた》えたマンションに住まわせたままなのだった。

だからといって郁海がその生活スタイルに不満を感じているかと言えば、答えはノーだ。かつてはいろいろと思うところもあったが、今は隣人《りんじん》として住まう恋人と事実上の同居をしているので、むしろ満足している。

「どうか……したんですか？」

「前から考えてはいたんだよ。ここのところ、蓉子とも電話で話していてね。多少、態度も軟《なん》化《か》してきているかな」

「ちゃんと謝ったんですか?」

「何を?」

「何って……」

郁海は絶句して田中を見つめた。

長い間、若い女性と、しかも一度に複数の女性と付き合っていて、高校生の隠《かく》し子《ご》まで発覚したのだから、正妻として蓉子が怒《おこ》るのは当然だろう。だがこの様子では、田中が自分の所業について反省を示していないことは想像に難《かた》くなかった。

「二ヶ月半、誰《だれ》とも付き合っていないという話ならばしたよ」

「……何て言ってました?」

「鼻で笑って、『まさか』の一言」

田中は小さくひょいと肩を竦《すく》めて食事を続けた。気障《きざ》なそのしぐさも不思議と違和感《いわかん》なく見えた。

郁海はこっそりと溜《た》め息《いき》をついた。

信じてもらえないのは当然だ。郁海だって、いまだに半信半疑なのだから、ずっと田中の女《おんな》癖《ぐせ》の悪さを見てきた蓉子はもっと信じられないだろう。

もっとも信じてもらえないからと言って田中がショックを受けている様子はない。

冷え切っていると思うのだが、とっくに三行半《みくだりはん》を突《つ》きつけてもおかしくない蓉子は、どういうわけか離婚《りこん》しようと言い出さずにいるらしい。プライドなのか愛情なのかは、郁海にはよくわからなかった。

「やっぱり、家はちょっと……」

「嫌《いや》かい？」

「というか、奥さんに悪いし」

外で作った子供が、自分の留守中に家に上がり込んだなどと知ったら、蓉子は気を悪くするに決まっている。今さら好かれようなどとは思っていないが、これ以上彼女の神経を逆撫《さかな》でしたくはなかった。

「つまり、彼女がいいと言えば問題はないわけだ」

「えっ……あ、まぁ……そうですね」

そんなことはまずあり得ないだろうけれども、郁海は曖昧《あいまい》に頷《うなず》いた。

「だったら先は明るいな」

「嘘《うそ》つくのはなしですよ？　奥さんの許可もらったなんて言われても、こっちにはわからないんだし」

「もちろん不正はしないよ。嘘をついたところで、後で露呈《ろてい》するだろうしね。君の信用を失いたくない」

どの口でそれを言うのかと問いたくなったが、あれこれと言葉を尽《つ》くして言いこめられそうなので黙《だま》っていた。

「……とりあえず、物で考えてください」

プレゼントを渡《わた》すことに関しては、多少の照れくさはあるものの問題がない。田中を「お父さん」なんて呼ぶよりはずっと気楽なことだった。

郁海はまた外に目を向けた。

雨が上がったのか、傘《かさ》の花はもうあまり見えなくなっていた。


食事が終わると、いつものように田中は郁海をマンションまで送ってくれた。運転手がハンドルを握《にぎ》る黒塗《くろぬ》りのリムジンは、月に四度は乗っている計算なのだが、いまだに郁海は慣れることができずにいる。

エントランスのほぼ前で車が停《と》まる。

郁海が中へ入っていくのを見届けてから、車を出すのが普段《ふだん》のパターンだったが、今日は違《ちが》っていた。

「加賀見はいるかな」

「はい？　あ……はい、いると思いますけど……」

「では少し上がらせてもらおう」

いいとも悪いとも言わないうちに田中は車を降りてしまった。運転手がドアを開ける間もなかった。

困惑《こんわく》しながらも郁海は田中と連れ立ってエントランスロビーに入る。

思えば、一緒にここをくぐったのは初めてだった。

「仕事ですか？」

「それもあるが、蓉子のことで少しね」

「どういうことですか？」

突っ込んでいいことかどうかわからなかったが、ここは思い切って尋ねてしまうことにした。駄目《だめ》ならば答えがもらえないというだけのことだ。

エレベーターに乗り込みながら田中はあっさりと言った。

「蓉子をなだめてもらおうと思ってね。何だかんだと言いながらも、彼女は加賀見を頼《たよ》りにしているんだよ」

「そうなんですか……？」

加賀見と蓉子は異母姉弟《きょうだい》だ。郁海から見る限り、かなり緊張感《きんちょうかん》のある関係だったし、実際に仲がいいとは言えないらしいだけに、とても意外な気がした。

「彼女は素直《すなお》に甘えられる人ではないんだよ」

「それはわかる気がしますけど……」

「だから余計に臍《へそ》を曲げているんだがね」

「……僕のことで？」

「そう。自分の頼《たの》みよりも君のことを優先させたからね」

田中は笑いながらフロアに靴音《くつおと》を響《ひび》かせた。

一番奥が郁海に与えられた部屋で、その一つ手前が加賀見の部屋だ。もともとこうだったわけではなく、恋人《こいびと》になってから、加賀見がどういう手段を使ったものか、隣《となり》に越《こ》してきたのである。

「可愛《かわい》いところがあるだろう？」

そう言う田中の顔は、まるで惚気《のろけ》ているようにも見えて、ますます郁海は理解できなくなる。この夫婦《ふうふ》の関係は一体どうなっているのか、もはや理解の範疇《はんちゅう》外だ。

考えることを放棄《ほうき》して、郁海は合い鍵《かぎ》で加賀見の部屋の扉《とびら》を開けた。

「加賀見さん？」

スリッパも履《は》かないでリビングへと小走りに駆《か》けていくと、本を読みながらコーヒーを飲んでいたらしい加賀見が顔を上げる。

「おかえり」

端整《たんせい》な顔が、表情を和《やわ》らげた。涼《すず》しげな切れ長の目は、郁海を見るときはたいていこんな柔《やわ》らかい色合いをしているが、普段はむしろ冷たい印象を見る者に抱《いだ》かせる。知的で、隙《すき》がなくて、近づき難《がた》いほどだ。

もっとも郁海に対しては、最初からそんな部分はほとんど見せなかったが。

「あの、今……」

近づきながら言いかけると、手を摑《つか》んで引っぱられ、すとんと加賀見の腕《うで》に受け止められることになった。

田中がいるのだと言おうとした口はあっという間に塞《ふさ》がれて、もがく腕は身体《からだ》ごと抱きしめられてしまう。

「待……んっ……」

キスは毎日のようにしているから、それ自体に抵抗《ていこう》はないのだが、問題は玄関先《げんかんさき》に父親を待たせていることだった。

言おうとしても、声は言葉になる前に呑《の》み込まれてしまう。

身体から力が抜《ぬ》けていき、暴れていたその動きが弱々しいものに変わって、やがて無抵抗になるまではそう時間が掛《か》からなかった。

「いい加減にしないか」

溜《た》め息《いき》まじりの、諦《あきら》めと憤《いきどお》りがないまぜになったような呟《つぶや》きが聞こえて、郁海は全身を硬直《こうちょく》させた。

だが加賀見のほうは動じた様子もなく、ゆっくりと郁海を放《はな》して大きな手で髪《かみ》を撫《な》でてくる。

そのまま顔を上げることなく、加賀見は言った。

「ずいぶんと無粋《ぶすい》な真似《まね》をなさいますね」

おまけに勝手に上がり込んできているのだが、そこは咎《とが》めないらしい。

父親にキスシーンを見られてしまった恥《は》ずかしさに、郁海は顔を上げることも、振《ふ》り返ることも出来なかった。

「人の息子《むすこ》に、あまり無茶なことをしないでほしいね」

「よそでさんざん好き勝手なさっている方のお言葉とは思えませんね。それに、郁海は社長の所有物ではありませんよ」

口調こそ穏《おだ》やかだが、要は口を出すな、邪魔《じゃま》するなと言っているわけで、露骨《ろこつ》な態度は郁海にも伝わってきた。

だが田中もあっさりとは退《ひ》かなかった。

「それでも私のたった一人の息子だよ」

「つい最近、息子になったところですがね。あなたが郁海を自分の子供だと意識するより、私の恋人になったほうが早いんですよ」

「大した差はないだろう」

頭の上を行き来する会話を聞きながら、郁海は眉間《みけん》に皺《しわ》を寄せる。

大人げない。田中もだが、加賀見だって相当に大人げない。だいたい早い遅《おそ》いの問題なのだろうか。

椅子《いす》取りゲームではないのだから、こういうことに時間が重要な意味を持つとは思えなくて、郁海はふぅ、と溜め息をつく。

「あの、どっちもどっち……って、言っていいですか」

口を挟《はさ》むと、二人の大人はぴたりと黙り込み、どちらからともなく浅い溜め息をついた。ようやく自分たちの会話のバカバカしさに気がついたのかもしれない。

「田中さん、何か用事があるみたいですよ。僕、先に部屋に行ってますから」

そっと加賀見から離れて、そのまま田中の顔も見ないで横をすり抜け、加賀見の部屋を出て行った。

もう一つ奥の扉の向こうが郁海に与《あた》えられている部屋だ。中学一年の夏に養父母を亡《な》くし、そこで初めて自分が養子だったことを知り、実父と名乗る田中に引き取られてここに住むようになった。

もっとも引き取られた……というのとは少し違うだろう。田中は代理人に何もかもを任せ、田中弘というありきたり過ぎる名前しか教えず、ずっと郁海からは接触《せっしょく》できないようにしてきた。話すときは決まって電話で済ませ、初めて会ったのは去年の秋のことだったのだ。

いまだに親子関係がしっくりこないのも当然だといえた。

通路の明かりが差し込んでいるうちに照明をつけてから、ドアを閉める。暗闇《くらやみ》の苦手な郁海にとってこれは必要な、そして習慣となっていることだった。

「……宿題しようかな……」

田中の話がどのていど長くなるのかはわからないが、用が済めば加賀見はこちらに来るとわかっている。彼はいつもこちらで寝起《ねお》きをするのだ。ただし郁海の留守に部屋に入ることはまずない。これは事実上の同居をしていることを、外からわからないようにするための配慮《はいりょ》だった。だから彼は外から帰ってくるとまず自分の部屋に入り、カーテンを閉めて、中に明かりを灯《とも》してからこちらに来るのだった。

机に向かって、教科書とノートを開く。

この一月に編入した新学校で、郁海はそこそこの成績を収めている。最初は心配だったのだが、学年トップの友人が出来たおかげか、思っていたよりも苦労はしなくて済んでいた。

「……将来、どうしようかなぁ……」

目標を失ってしまった、というのが正直なところなのだ。かつては、いつ田中の気まぐれで放《ほう》り出されるのかわからなかったから、援助《えんじょ》してもらえる間にとにかくいい学校へ行き、確実な職に就《つ》いてやろうと躍起《やっき》になっていたものだった。その気持ちはこの数ヶ月で形を変えたが、だからといって何がしたいのかと問われると答えに詰《つ》まってしまう。

大学に入ってからのんびりと考える……などということは郁海の性格上は無理なことだった。ましてや職に就かないという選択肢《せんたくし》はまったくない。

「文系で何か……」

ちらりと加賀見のことを考えたが、すぐに頭の中で否定した。

弁護士はやめようとすでに心に決めている。彼が弁護士として正しくないのはわかっているが、やはり自分には向いていないように思うのだ。

まだ高校二年になったばかりだが、来年は受験生なわけで、それを考えるとつい必要以上に焦《あせ》ってしまう。

そんな郁海を見て加賀見は溜め息をつくのだが、これはもう性格だから仕方がない。願書を出すまでにはまだ時間があるからと自分に言い聞かせ、宿題の続きに入った。

玄関で物音がしたのは、三十分ほど経《た》ってからだろうか。

郁海はペンを置いて机を離れた。ちょうどキリがよかったし、田中の用事というのも少し気になっていたからだ。

入ってきたのは加賀見一人だった。田中はそのまま帰ったようだ。

「勉強をしているはずだからと言って帰ってもらったよ」

「あ、はい」

「来週は中華《ちゅうか》で、再来週は出来れば自宅にと言っていたが……」

「はぁ……」

どうやら自宅に呼びたいというのは本気のようだ。しかしやはり、すんなりとは頷《うなず》けない気分だった。

「奥さんを宥《なだ》めてくれって頼《たの》まれたんですか？」

「まぁ、そんなところだ。本当は私に頼むより、社長が泣きつけば一発だと思うんだがね。頭を下げて、帰って来てくれと言えば、それで済むよ」

「そうなんですか？」

「ああ。まったく面倒《めんどう》な夫婦《ふうふ》だ」

吐《は》き捨てるように言いながらも、加賀見の表情はきつくはなく、むしろその目に笑《え》みさえ浮《う》かべていた。

「確かに……よくわからないかも。田中さんたちだけじゃなくて、加賀見さんも」

「うん？」

「加賀見さんにとって、あの人……蓉子さんてどういう存在なんですか？」

異母姉というのはもちろん知っている。けっして仲がいいわけでないこともわかっている。

だがそれだけではないことにも気づいていた。

曖昧《あいまい》な、とても不明瞭《ふめいりょう》な関係だ。

「自分でもかなり曖昧なんだ。嫌《きら》いなわけじゃない。だが、好意を抱《いだ》いているのかと言われるとすんなりと頷けもしない。だからと言って見捨てられない」

「血が繋《つな》がってるから……？」

「そうかもしれない。もう一人の姉とは、スタンスがまったく違《ちが》うのは確かだ」

加賀見にはもう一人、父親の違う姉がいる。こちらとの関係は良好らしく、郁海も何度か彼がその姉と電話で話しているのを見たことがあった。今は結婚《けっこん》して四国のほうで暮らしていて、成人した姉弟《してい》の関係としては極《きわ》めて普通《ふつう》の接し方をしているようだ。

「そうだな……弟だと認めて欲しかったのかもしれないな」

他人《ひと》ごとのように言うのは、その感情が過去のものだからだろうか。

では今は？　と問い掛《か》けようとして、郁海は言葉を呑《の》み込んだ。

何だかそのほうがよさそうな気がした。

「でも、あっちは加賀見さんのこと頼《たよ》りにしてるって、田中さんが言ってましたけど」

「簡単に言うことを聞くと思っていたんだろう。まぁ、彼女も血は水より濃《こ》い……というタイプなのかもしれないが……」

「そうじゃないですよ。あの人、きっと味方が少なくて、加賀見さんが自分のこと嫌ってないってわかってて、それで信用してるんだと思う」

「そうだとしたら、裏切ったということになるかな」

「……僕のせい……?」

「誰《だれ》のせいでもないよ」

加賀見《かがみ》は長身を屈めて唇《くちびる》にキスを落とす。

「彼女が頼るべきは私じゃなく、社長であるべきなんだ。それだけのことだよ」

「……でも上手《うま》くいくのかな」

「社長次第《しだい》だろうね」

あまり期待できそうもないのは、郁海にだってわかっているし、加賀見はもっとわかっているのだろう。

蓉子のことを好きなんだとさらりと言いながら、田中はそれでも複数の女性と付き合うことをやめなかった。だから当然信用はできないし、もし本心だったとするならば、ますます郁海には理解不可能な感情である。

とても自分に、あの男の血が流れているとは思えなかった。

「とにかく、君が気にすることじゃない。他《ほか》に考えるべきことはいくらでもあるだろう?」

意味ありげな視線に、郁海は少し笑みをこぼした。

「加賀見さんのこととか?」

「そうだ」

もう一度、キスが落ちる。

深くなるくちづけは、恋人同士《こいびと》の時間の始まりを意味している。

明日は休日だ。だから、遠慮《えんりょ》はいらない。


二年に進級して、クラス替《が》えはあったものの、幸いにして一番の友達とは離《はな》ればなれにならずに済んだ。

最初は反発もあったけれども、今では郁海にとって重要な人物となった相手の名前は、前島《まえじま》宏紀《ひろき》といった。

身長は郁海よりもずっと高く、なかなかの男前で、私服だったらまず高校生には見られない。クラスの誰よりもにぎやかで、中心人物でもあり、かなり人気者で信用も厚い。進学校において学年トップの成績を入学以来キープしているくせに、ちっとも秀才《しゅうさい》という印象のない、気さくな友達だった。

反発は、その気さくさゆえだった。編入した当時の郁海は、これを「軽い」と感じてしまった。

必死になって勉強しているわけでもないし、ちゃらちゃらしているように見えたし、バイトまでしているのに、抜群《ばつぐん》の成績を収めるのだ。必死に勉強している郁海には理不尽《りふじん》としか思えなかった。

今ではそんなこともなくなっている。郁海に前より余裕《よゆう》が出来たということもあるだろうし、前島の長所を認めて、個人的な好意が芽生えたせいかもしれない。

「俺は半分バイトだよ」

学校帰りの道すがら、ゴールデンウィークの話になると、笑いながら前島はそう言った。

「レンタルビデオ屋の？」

「そうそう。大学生が帰省しちまうらしくて、人手不足なんだよなぁ。郁海はバイトとかしないの？」

含《ふく》みのある言い方をしながら、ちらりと郁海に視線を寄越《よこ》すのは、どうやらヘルプに入らないかという意味らしい。

「連休は加賀見さんと旅行するんだ」

「えっ、マジ？　また？　春休みもどっか行ってたじゃん」

「あれは旅行っていうか……別荘《べっそう》に行っただけだし」

口ごもりながら、郁海は少し足を速めた。あまりこのあたりのことを突《つ》っ込んで聞いて欲しくないというのが本音である。

まかり間違って、別荘に引きこもって何をしていたんだと尋《たず》ねられたら、返答に困るからだ。

だが心得たもので前島はそのあたりを軽く流した。

「今度はどこ行くの？」

「北海道」

「お、いいなぁ。何泊《はく》？」

「四泊。北海道、初めてなんだ」

自然と声が弾《はず》んでしまって、コントロールが出来ない。自覚しているよりもずっと、郁海は旅行を楽しみにしているのだ。

「加賀見氏とは相変わらず？」

「相変わらずだよ」

「ここんとこ、会ってないんだよな」

「ああ……そうだっけ」

頭の中で数を勘定《かんじょう》し、二週間ばかり加賀見と前島は会っていないはずだと納得《なっとく》する。春休みの終わり頃《ごろ》から、新学期が始まってしばらくは、三日に上げずに顔を合わせていたのに。

前島はよく郁海の家に寄り、ときには夕食を摂《と》っていくこともあるのだが、ここ二週間ほどはバイトの関係で来ていなかった。

今日は久々というわけだった。

「前島って、加賀見さんのこと好きだよね」

「はい？」

「あ、いや、変な意味じゃなくて、普通に好意っていう意味」

「ああ、びっくりした。加賀見さんはそういう意味ではパス。どうせだったら郁海のほうがいいし」

からからと笑う前島には真剣《しんけん》さはないから、郁海も変に意識しないで済んでいる。前島は郁海に気があるなんて話も、とっくに記憶《きおく》の中にしまい込んでしまった。

今では加賀見も、前島のことを番犬扱《あつか》いだ。はっきりと本人にそう言ったことさえある。とりあえず郁海の友人として信頼《しんらい》しているらしいのだが、そこに至るまでの経緯《けいい》は把握《はあく》できていなかった。知りたい気持ちはあるけれど、何でも知りたがるのは子供っぽいと思えるし、郁海にとってはさほど重要なことでもないからだ。

うーん、と唸《うな》ってから前島は言った。

「まぁね。男として憧《あこが》れる部分も確かにあるかな。後はやっぱり、弁護士を目指している身としてはいろいろと興味がね」

「弁護士として、あんまり正しくないと思うけど……」

「だからこそ、だよ」

「まさか前島までああなるつもりなんじゃないよね？」

立ち止まってじっと見つめ上げると、前島は慌《あわ》てて手を振《ふ》った。

「それはないって」

「なら、いいけど……」

愁眉《しゅうび》を開いて、再び歩き出した。

前島は相変わらず郁海に歩調を合わせて隣《となり》を歩いていた。駅の改札を抜《ぬ》けてしまえば、マンションまでは五分と掛《か》からない。人通りが多くて明るい道で、買い物も便利だ。数年前に郁海が引き取られるとき、この場所に決めたのは実は加賀見だったということを、郁海は最近になって知ったばかりだった。

加賀見はそんなふうに、田中の隠《かく》したい部分の仕事を主に引き受けているのだ。隠し子のことだったり、手を切りたい女性のことだったり、あるいは会社の内部調査だったりと、要するに胡散臭《うさんくさ》い仕事がほとんどだ。

加賀見のことは好きだし、悪徳弁護士というわけじゃないことも何となくわかってきたが、それでも真っ当な弁護士とは違《ちが》うのも確かで、郁海の中の不安は完全に晴れることがない。犯罪行為《こうい》はしていない、という言葉も信じてはいるのだが、堂々と人に言えない仕事なのは動かしようもない事実だった。

「話は戻《もど》るけどさ。別に犯罪ってわけじゃないんだから、いいじゃん」

「そうだけど……」

「郁海は自分が真面目《まじめ》だから、相手にも品行方正を求めちゃうんだよな」

「そうかな」

「あら、自覚なし？　郁海クン、見かけはふわっとしてんのに、かなり堅《かた》いよ。めちゃくちゃ堅い。真面目とも言うけどさ。今どきこんなカタイ高校生ありかってくらいよ？」

何度も堅いと言われて、自然に郁海は眉根《まゆね》を寄せた。

多少の自覚はある。真面目か不真面目かで分類すれば間違いなく前者だろうと思っているし、はめを外すこともあまりない。けれどもそこまで言われると、自分が金属か何かで出来ているんじゃないかという気にもなってきてしまう。「堅い」と「面白味《おもしろみ》がない」は郁海の中で同義語だった。

「……あ、凹《へこ》んじゃった？」

「ちょっと」

「別に悪い意味じゃないよ？　それが郁海のキャラってやつだし。それはそれで、俺からすると面白いしさ」

「どこが？」

「自覚ないとこかな。いろんなことでカルチャーショック受けてるのが、可愛《かわい》いっつーか、微笑《ほほえ》ましいっつーか」

笑われて、郁海はムッと口を尖《とが》らせる。

悪気はないとわかっていても、バカにされたみたいで面白くなかった。歩調を速めているにも拘《かか》わらず、前島が余裕たっぷりに長い足を進めているところもまたしゃくに障《さわ》る。

「まぁまぁ、拗《す》ねない拗ねない」

「別に拗ねてないっ」

「あーもう、可愛いなぁ」

同級生に可愛いと言われても少しも嬉《うれ》しくないし、何度もそう伝えてあるのに、前島の態度はまったく改まることがない。

だからといってそれは大きな不満ではなかったけれども。

郁海は溜《た》め息《いき》をついて、少し歩く速度を落とした。

(堅い、か……)

前島の言葉が気になってしまった。似たようなことを加賀見からも言われているからなおさらだ。

こっそりと溜め息をつく郁海を、前島はさり気なく見つめていた。

2

前島が家に寄るのは、だいたい週に三回くらいだ。アルバイトは週末にしか入れていない上、彼は塾《じゅく》へも行っていないので、郁海と家で勉強するのがいつの間にか習慣になった。残りのウィークデーは、図書室などで顔を突《つ》き合わせているのが常だった。

「今日のご飯は産地直送の刺身《きしみ》ー」

変な節を付けて言いながら、前島はスーパーの袋《ふくろ》を振り回している。壊《こわ》れるようなものは入っていないからいいが、大きな図体《ずうたい》では恥《は》ずかしいことこの上なかった。

「恥ずかしいってば」

「いいじゃん。俺たちまだ子供だもーん」

「前島が言っても説得力ないよ」

私服だと未成年にすら見えないくせに……と心の中でだけ呟《つぶや》いた。口にしたら、すぐに郁海の童顔について言われるのがわかっていたからだ。

マンションが近くなり、郁海が鞄《かばん》の中から鍵《かぎ》を取り出そうと下を向いていると、ふいに前島の歩調が少し変わった。

一瞬《いっしゅん》ぴくりと足が止まりかけ、すぐにゆっくりと進めるものに変わった。

「前島……？」

顔を上げて前島の様子を見て、それから視線を追うように前方に目をやる。

マンションの前には若い男が立っていた。おそらく大学生くらいで、身長はそこそこあるがひょろりとしていた。

癖《くせ》のない黒い髪《かみ》に、銀縁《ぎんぶち》の眼鏡《めがね》で、生真面目《きまじめ》そうな印象だった。

そしてずいぶんと人待ち顔だ。

「前島の知り合い？」

「まさか」

前島は郁海より半歩前へ出て、エントランスに近づいた。すると青年がこちらを向いて、一重《ひとえ》の目を大きく瞠《みは》った。

視線は前島ではなく、郁海に向けられていた。

青年の視線から隠すようにさらに前へ出た前島は、少しでも遠い側へと郁海を移動させながら歩を進め、そのまま前を通り過ぎようとした。

「佐竹郁海……くん？」

いきなり名前を呼ばれ、郁海はぎょっと目を剝《む》き、前島はその表情を険しくした。完全にもう前島が背中に庇《かば》う形になっている。

「あんたは？」

聞いたことがないほど剣呑《けんのん》な声で前島は問い掛ける。それでも相手の視線は、ほとんど見えないはずの郁海に向けられていた。

「君は郁海くんの友達か？」

「そうだよ。だからあんたは何者かって聞いてんだよ……っ」

声を荒《あら》くしながら、前島は郁海をエントランスのほうへと押し出した。躊躇《ちゅうちょ》も許さないほど、肩《かた》に置かれた手は強かった。

とにかく、まずはロックを外してしまわなければいけない。運動神経のいい前島のことだから、扉《とびら》さえ開けばすぐにこちらに飛び込んでくることだろう。

「僕はあの子の兄だ！」

文句があるか、と言わんばかりの口調だった。

「え……？」

郁海は思わず足を止め、青年を振り返る。

呆気《あっけ》にとられたのか前島は何も言わず、青年も郁海を見据《みす》えたまま微動《びどう》だにしなかった。

遠くで行き交《か》う車の音だけが、やけに空々しく聞こえていた。

「はぁ？　あんた、何言ってんの？」

「だから、佐竹郁海は僕の弟だと言ってる」

「って、言ってるけど？」

前島は溜め息まじりに呟きながら、郁海を振り返った。

だが問い掛《か》けるような目をされても、郁海にはまったく何のことだかわからない。兄がいるなんて話は誰《だれ》からも聞いたことがなかった。

郁海は小さくかぶりを振《ふ》った。

「知らないってよ」

「本当だ……！　もちろん、片親だけだけど……」

「……もしかして、田中さんの隠《かく》し子《ご》とか？」

考えついたのはそれしかなかった。

田中ならば有り得ない話じゃない。とりあえず本人は、郁海以外に子供はいない、調査済みだと豪語《ごうご》しているが、実際のところは知れたものではなかった。

だが青年は大きく溜め息をついた。

「田中弘とは関係ない。僕とは母親が一緒《いっしょ》なんだ」

「……え……」

今度こそ郁海は啞然《あぜん》とした。兄弟だと言われたときよりもずっと驚愕《きょうがく》が大きくて、頭の中が真っ白になった。

郁海は実母のことをほとんど何も知らない。ただ田中が、同級生だったと、郁海によく似ていたと教えてくれただけで、名前すらわからないままなのだ。

少し高くなった位置から、前島の肩越《かたご》しに異父兄だと名乗る青年を見つめた。

自分と似たところはないかと、顔のパーツの一つ一つを、耳や手の形までも考えてみたが、すぐにそれとわかるような共通点は見つからない。

さらりとした黒い髪が同じと言えば同じだが、日本人である以上はそれすら好材料にはなりえない。

「僕は中野孝典《なかのたかのり》……母の名前は中野……いや、島岡秋恵《しまおかあきえ》」

「島岡……秋恵？」

戸惑《とまど》いがちに郁海は呟いた。口の中がからからに乾《かわ》いていくのがわかった。孝典と名乗った青年の話が本当ならば、これが初めて口にした母親の名前ということになる。

孝典は郁海の反応《はんのう》を見て、怪訝《けげん》そうな顔をした。

「まさか、知らなかったのか……？」

黙《だま》って頷《うなず》くと、孝典は顔をしかめて溜め息をついた。

あからさまな憤《いきどお》りは郁海に対してではなく、ましてや前島に対してでもなく、どこか別の誰かに向けられていた。

彼は大きな息と共にその感情を逃《に》がすと、真っ直《す》ぐに郁海を見据えた。

「両親は、僕が三歳のときに離婚《りこん》をしているんだ。その後のことは、今までほとんど知らなかった。十六年くらい前に亡《な》くなったということだけしか、父は教えてくれなかったから……」

「そんで、郁海に何の用？」

すっかり忘れ去られた感のある前島が、二人きりじゃないんだぞと相手に知らしめるように口を挟《はさ》んできた。

「用って……弟がいると知れば会いたいと思うのは当然だろ？」

「そうかなぁ。確かに興味は湧《わ》くだろうけどさ、俺だったらいきなり会いに来たりはしないね。まず事前連絡《れんらく》入れるな。だいたい、どうやってここがわかったわけ？」

前島は警戒心《けいかいしん》を剝き出しにして孝典に突《つ》っかかっていく。孝典よりもよほど体格のいい前島は、相手を圧倒《あっとう》するくらいの迫力《はくりょく》があった。

「母の友達に連絡を取って、佐竹さんに連絡を取ろうとしたんだ。そうしたらもう亡くなっていて、郁海くんは実の父親に引き取られたって……佐竹さんの親戚《しんせき》の人が教えてくれた」

なるほど筋は通っている。郁海は佐竹の親戚筋とはもうあまり付き合いもないので、そんなことがあったとしても、わざわざ教えてきたりはしないだろう。それは納得《なっとく》出来たから、問うような前島の視線には頷くことで肯定《こうてい》した。

「一目でわかったよ。母によく似てる」

「似てるんですか……？」

「ああ。そうだ、写真があるんだ」

言いながら孝典はバッグに手を入れて、手帳から一枚の写真を取りだした。

郁海は固唾《かたず》を呑《の》んでそれを見つめていたが、どうにも足が動かなくて、代わりに前島が写真を受け取った。

渡《わた》された写真には、一組の親子が写っている。抱《だ》かれた三歳くらいの子供には、確かに少しだけ孝典の面影《おもかげ》があった。そして微笑《ほほえ》む女性の顔は、郁海によく似た造りをしている。

自然に指先が震《ふる》えてくるのがわかった。

「これが……お母さん……」

「わかってもらえた？」

問いかけには答えられなかった。故意に無視したわけじゃなく、孝典の声が耳に入っていなかったからだ。

まばたきも忘れて、郁海は写真に見入った。

目の前の青年に対して、兄だという実感はほとんど湧かず、だから特別な感情の動きはなかった。けれども写真の中で微笑む女性に対しては、言い知れない感慨《かんがい》が生まれて、それはすぐに確信へと育った。

これは母親だ。郁海の中の何かが、強くそう訴《うった》えている。

「郁海……くん？」

のろのろと顔を上げて、郁海は孝典を見つめる。自分が動揺《どうよう》しているのは嫌《いや》というほどわかったが、今は取り繕《つくろ》おうという気さえも起こらない。

郁海は自分から孝典に言った。

「あ、あの……もっと詳《くわ》しく話を聞かせて……」

「ちょい待った！」

ばっと手を横に出して、前島は近づいてこようとしていた孝典を止めた。まるで遮断機《しゃだんき》のようだった。

孝典の責めるような視線をものともせず、冷静な声が言う。

「あんたの話が本当だっていう証拠《しょうこ》は？　その写真が本当に郁海の母親だとして、あんたがその息子《むすこ》だっていう証明は？」

「証明って言われても……」

「あのさ、郁海の親父《おやじ》さんは超《ちょう》金持ちなわけ。だから誘拐《ゆうかい》とかね、そういう危険があって、簡単に知らないやつ近づけたり、家に上げたりするわけにいかないんだよ」

「しかし僕は本当に郁海くんの兄なんだ」

「うん、だから今日のとこは引き取ってくんないかなぁ。本当だったら、別にこれからいくらだって機会はあるわけだし？　急ぐ必要があるとも思えないし」

前島の言うことはもっともだった。つい動揺して前後の見境をなくしていたが、郁海は自分の立場を考える必要があったのだ。

慎重《しんちょう》にならなければ、いろいろな人に迷惑《めいわく》が掛かってしまう。

そして郁海の身の危険は、結局のところ恋人《こいびと》の危険にも繋《つな》がる。

「……これ、お返しします。今度ゆっくり見せてください」

写真を差し出すと、孝典は苦笑《くしょう》しながらかぶりを振った。

「それは君が持ってて。あ、それと僕の連絡先……と、一応身分証明書。学生証しかなくて悪いんだけど……。友達も確認《かくにん》して」

孝典は手帳から学生証を出して郁海たちに見せてきた。

横浜《よこはま》にある大学の工学部三年で、渡されたメモによれば住まいも市内のアパートらしかった。ここからは小一時間というところだろう。

「それじゃ、今日のところは帰るよ。会えて嬉《うれ》しかった」

郁海は黙って頷くことしかできない。どう言葉を返したらいいのかが、よくわからなかった。

孝典は二度ほど振り返りながら、駅へ向かって歩いて行く。

郁海は写真を握《にぎ》りしめたまま、ぼんやりとその後ろ姿を見送っていた。

やがて大きな溜《た》め息《いき》が聞こえてきた。

「郁海、警戒心なさすぎ」

「ごめん……」

中へと入りながら、郁海は返す言葉もなく謝った。確かにさっきは軽率《けいそつ》だった。もし前島がいなかったら、間違《まちが》いなく孝典を部屋に上げていたことだろう。

「でも、たぶん本当だと思う……」

「だとしても、まずは確認しないとさ」

「うん……」

部屋に入るなり、郁海は着替《きが》えもせずに携帯《けいたい》電話を取りだして、登録しているナンバーに電話を掛《か》けた。

まだ仕事中だが、人と会っているなどの状態でない限り、田中は郁海の電話を無視したりはしないのだ。

回線は三コール目で繋がった。

『郁海か？ どうした？』

「あの、さっき……僕の兄だって人が来たんですけど。中野孝典さんだそうです」

用件は簡潔に、そして前置きもなく言ってやった。無駄《むだ》話をするほどの気持ちの余裕《よゆう》はまったくなかった。

田中は一瞬《いっしゅん》、黙り込んで、それからふっと息をついた。

『そうか……。今は一人かい？ どこにいるんだ？』

「友達と家にいますけど。あの、その人は本当に僕のお兄さんなんですか？」

『会いに来たという男が、中野孝典本人ならばそうだね』

田中はあっさりと肯定した。わざわざ教える気はないが、隠《かく》そうという気もないようだった。

このあたりは加賀見にそっくりで、思わず溜め息をつきたくなった。

加賀見もそういうところが多分にあるのだ。秘密主義というほどではないが、自分のことをなかなか教えてくれずにいたのは事実である。

「学生証は見せてくれたんですけど……」

『念のためにこちらで確認しよう。それまで個人的な接触《せっしょく》を持つのは待ちなさい。いいね？』

「……はい。あの、ちょっと聞きたいんですけど、不倫《ふりん》……だったんですか？」

『私と秋恵のことかい？』

「そうです」

『彼女はもう離婚《りこん》していたから、不倫ではないね。私も一応、独身だった。同窓会で顔を合わせて……ようするに焼けぼっくいに火がついたというわけだ』

田中はその頃《ころ》、当時のジョイフルの社長の娘《むすめ》――つまり蓉子と婚約していたはずだ。確かに不倫ではないだろうが、不誠実であることには変わるまい。

「……写真、もらいました」

『美人だろう』

どこか誇《ほこ》らしげな響《ひび》きだった。田中という男の思考の動きは、とても郁海には理解できなくて、生返事をしながら手にした写真を見つめた。

優《やさ》しそうな人だ。郁海が生まれて間もなく亡《な》くなったそうだから、もちろん記憶《きおく》にも残っていないが、不思議と懐《なつ》かしい感じがしてならなかった。あるいは感傷的になっているというだけかもしれない。

思えば田中の存在を知ったときは、反発心ばかりが湧《わ》き起こって、思慕《しぼ》なんて微塵《みじん》も感じなかった。そうでなくても養父母を亡くしたばかりで、自分の親は佐竹の親だけだという意地もあったのだ。

『ところで、中野孝典くんは何か言っていたかな?』

「別に……」

『そうか。もし何か変わったことがあったら加賀見に言いなさい。なるべく早く、こちらも裏付けを取ろう』

「お願いします」

電話を終えると、待ちかまえていた前島がグラスを差し出しながら、どうだったかと目で問い掛けて来た。

郁海が電話をしている間に、前島は勝手にキッチンで飲み物を用意したらしい。冷蔵庫の中のジュースが、グラスに二つ注《つ》がれていた。

「あの人が中野孝典本人なら、その通りだって」

「ふーん……」

「でも、実感ないよ……」

いきなり兄だと言われても、ピンと来るものじゃない。あるいはもっと似ていれば、母親のように何らかの感情が湧いてきたのだろうか。

「郁海もいろいろとヘビーだよな……」

「母方の兄弟っていうのは考えてなかった……」

呟《つぶや》きながらソファに沈《しず》み込んだ。

兄弟のことは以前に頭を掠《かす》めたことがあったのだが、郁海は田中がどこかで自分と同じように子供を作るという可能性しか考えなかったのだ。

「異母兄弟はありかなと思ってたんだけど」

「まぁな」

「しかも……兄さんか……」

なぜか弟か妹の可能性しか頭にはなかったのだ。それが四つ年上の兄ときたら、なかなか感覚的に馴染《なじ》めなくても仕方がないだろう。

「全然似てなかったよな」

「うん」

「でも、ちょっとだけ納得《なっとく》した部分があったんだよな、実は」

「何？」

郁海は意外に思いながら前島に目を向けた。

自分で言うのも何だが、共通点はほとんどなかったように思うのだ。だがそれは主観的なことだから、前島の客観的な意見が聞きたかった。

「あのさ、堅《かた》そうなとこ」

「え……？」

「いかにも真面目《まじめ》そうだったじゃん。あれはさすが血のなせる業《わざ》だと思った。タイプ全然違《ちが》うのにな。あっちはバリバリ理系だったし。工学部だったよな。何かいかにも……って感じだよなぁ」

何を勉強しているかは知らないが、パソコンに向かっていたり、白衣を着て何かしている姿がいかにも似合いそうだった。顔立ち自体も、思い返してみれば悪くなかったはずだ。ただし取っつきやすさはまったくなかったが。

「写真見せて」

「あ、うん」

差し出すと、前島は受け取ることなく写真を覗《のぞ》き込んだ。しげしげと見つめて、やがて大きく何度か頷《うなず》く。

結局、郁海はずっと写真を持ったまま、微笑《ほほえ》む秋恵を一緒《いっしょ》になって見つめていた。

「美人だよな。うん、郁海に似てる」

「……あの人は、全然似てないね」

「ああ、親父《おやじ》さん似なのかもな。本人だとすれば……だけど」

まだ彼が兄だと決まったわけじゃない。前島は口には出さずにそう言っているのだ。迂闊《うかつ》に郁海が近づかないようにとの牽制《けんせい》でもあった。

「でも、よかったじゃん。肉親が他《ほか》にもいてさ」

「……そうだね。実感はないけど」

「まぁな。いきなり、ハイこれが兄貴です……なんて言われたって、困るよな」

前島はうんうんと頷いて理解を示してくれた。

加賀見が知ったら何て言うだろうか。おそらく、郁海が言う前に田中から話は行くのだろうし、確認とやらにも関《かか》わるに違いない。

「今日は勉強、出来そうもないな」

「そうだね」

気持ちが落ち着かず、勉強にも身が入らないだろう。今日くらいは仕方がないかと思えるのは、以前よりもゆとりがあるからかもしれなかった。

「どうせ勉強できないし、ご飯でも作ろうかな」

「刺身《さしみ》は？」

加賀見の姉が送ってきた新鮮《しんせん》な魚は、とても二人だけで食べきれる量ではなく、だからこそ前島を夕食に招いたのである。もちろん送ってきたのは田中夫人ではなく、母親が同じほうの姉であった。

「それは後でいいよ。あ……そうだ、着替《きが》えてくる」

郁海はリビングを離《はな》れて寝室《しんしつ》へ向かった。

今日の話題はきっと、孝典のことばかりだろう。加賀見が帰ってきてからも、それは同じに違いなかった。


食事を終えて少し経《た》ってから、前島は帰っていった。

「それにしても、急に現れたものだね」

思い出したように加賀見が孝典の話を持ち出した。食事の後はこの話から離れていたのだが、それは表面的なことだったのだ。

「前島も言ってました。普通《ふつう》、いきなり会いには来ないだろうって」

「それもあるが、どうして今なんだ？」

「あ、それは言ってなかった。今まで知らなかった、みたいなことは言ってましたけど」

「ふーん……」

加賀見は鼻を鳴らしながら、脇《わき》へ避《よ》けていた封筒《ふうとう》から紙の束を取りだした。前島がいるときは出さなかったが、要するに中野家に関する調査書らしい。これは以前に調べてあった分らしかった。

「中野孝典……三年前の写真なんだが……」

写っていたのは学生服を着た一人の少年だ。確かに今よりは若いが、孝典の顔だった。十七歳と二十歳の比較《ひかく》だから、さほどの違いはなく、確かに夕方会った男だと確信できた。

郁海が頷くのを見て、加賀見はまた鼻を鳴らした。

「なるほどね」

「……加賀見さん、ずっと黙《だま》ってたんですね」

拗《す》ねたような口調になっているのは自覚していたが、今は気持ちを押し隠《かく》そうという気にもなれない。

「どうして黙っていたのか……だろう？」

「はい」

「社長の意向なんだ」

「田中さんの……？」

「兄弟がいると知って、君がそちらに行ってしまうんじゃないかという懸《け》念《ねん》を抱《いだ》いていたらしい。可愛《かわい》いものじゃないか」

「はぁ……」

郁海は生返事をして、そのまま黙り込んだ。

そんな理由だと知ってしまったら責められないし、怒《おこ》れもしない。あっさり認めたのも、最近の関係がまずまず良好だと感じ取っているからだろう。

「悪かった」

「いえ、加賀見さんは仕方ないですよね。僕の恋人《こいびと》の前に、田中さんと契約《けいやく》してるんだし」

「違うな。君の恋人であるっていうのは私にとって大前提なんだが？」

半分は言葉遊びで、半分は本気だった。それは郁海にもわかるから、いろいろと突《つ》っ込みを入れたいことはあったけれども、ここは黙って目を閉じた。

触《ふ》れるだけのキスは、すぐに離れていく。

「それで、どうするんだ？」

「うん……会ってみようかな、って」

「そうか」

「いろいろ……話も聞きたいし。って言っても、あの人もあんまり覚えてないと思うんですけど。三歳のときに離婚《りこん》したって言ってたから」

言いながら加賀見の顔を見て、孝典の言葉が正しいことを確認していく。もし調査と違うことがあれば、何か反応《はんのう》するはずだった。

黙っていた加賀見が、やがてぽつりと呟くように言った。

「穿《うが》ったものの見方をするようだが……何故《なぜ》、今なのか、それがはっきりするまでは警戒《けいかい》したほうがいい」

「でも……っ」

「今、中野家の状態を調べさせているところだ。まだ他《ほか》に目的があるという可能性も否定は出来ないんだよ」

淡々《たんたん》とした口調が、郁海から冷静さを奪《うば》わずにいてくれた。

「君はジョイフル社長の息子《むすこ》なんだ」

だが望んでいない立場だった。

田中の会社は、業界第四位の消費者金融《きんゆう》だ。問題のあるプライベートでの彼とは裏腹に、企《き》業家《ぎょうか》としては評価が高いらしく、やり手なのだと聞いている。金融業だけではなく、不動産や外食産業、カラオケなどの娯楽《ごらく》施設《せつ》にも手を出して、今のところどれも失敗していないらしい。

「特に、今はね」

「何かしてるんですか……？」

「信託《しんたく》銀行と合併《がっぺい》会社を作ったばかりでね。信販《しんぱん》会社も買収したし……。状況《じょうきょう》が落ち着いていないのは確かだ」

長者番付にも名前の載《の》る父親を持つ郁海は、たとえ妾腹《しょうふく》と言われる立場だろうとも唯一《ゆいいつ》の子供であり、以前、営利誘拐《ゆうかい》されたこともあった。犯罪という形でなくても、何かを求めて人が近寄ってくる可能性は否定出来ないのだった。

「でも……甘いって言われるかもしれないですけど、そんな人ばっかりじゃないと思います。孝典さんて人も違《ちが》うと思う」

「まぁ、もう少し待ちなさい」

加賀見は自分の意見をそれ以上は言わなかった。甘いとも、その通りだとも。だから彼の意見としては前者なのだろう。

それは少し寂《さび》しいが、仕方ないことだということもわかっていた。

甘いという自覚は郁海にだってあるのだ。郁海の分も加賀見が気を張ってくれているから、こうして平穏《へいおん》無事な生活を送ることが出来るのもわかっていた。

ぴったりと寄り添《そ》って、加賀見に凭《もた》れる。

さすがにまだ気持ちは落ち着いてくれないから、こうして好きな人を一番近くで感じていたかった。

顔が強張《こわば》っているのが自分にもわかった。

心臓の音が耳に聞こえてきそうなほど鼓動《こどう》が速くなり、緊張《きんちょう》のあまり今にも右手と右足が一緒《いっしょ》に出てしまいそうになる。

指摘《してき》された場所はもうすぐだ。ファーストフード店の赤い看板が見えてくると、ますます落ち着かない気分になって、やはり前島についてきてもらえばよかったかもしれないなどと弱気なことを考えてしまった。

3

郁海が孝典に電話を入れたのはおとといのことだった。

裏付けが取れて、確かに彼が中野孝典本人だということがわかったので、話を聞こうと連絡《れんらく》し、今日の日となったわけだ。

せっかくの日曜日の午後が潰《つぶ》れたと言って加賀見は不満そうだったが、今日くらいは勘弁《かんべん》してもらうことにした。どうせあさってからは旅行で、ずっと一緒にいられるのだから、と。

電話をしたとき、孝典は嬉《うれ》しそうな声でいろいろな話をしたいと言ってくれた。

郁海はそれを聞いて、ようやく少しだけ彼が兄だということを実感出来たような気がした。反抗心《はんこうしん》がない分、田中を父親だと認めるよりもずっと早くに兄弟だと意識出来るかもしれない。

期待に胸を膨《ふく》らませながら、それでもやはり強い緊張状態で、郁海は店の中へ入った。まだ約束の時間までは十五分ほどある。コーラを買って二階へ上がり、空いた席を見つけようと目を走らせると、こちらを見ていた孝典と目があった。

「あ……」

まさか先に来ているとは思わなかった。

ぺこりと頭を下げてから近づいていき、孝典の向かいに椅子《いす》を引く。テーブルの上には半分ほど残った、冷めたコーヒーがあり、彼が早くからここにいたことがわかった。

「こんにちは」

ちらりと視線を向けて挨拶《あいさつ》すると、じっとこちらを見ていた孝典が表情を少し和《やわ》らげた。

「よかった、来てくれて」

「だって、僕から電話したんですから」

なかなか言葉が続けられなくて、郁海はコーラをストローで吸い上げた。会ったらこれを話そう、あれを聞こうと考えてきたはずなのに、いざとなると言葉が喉《のど》に絡《から》んで出てこない。

孝典から話し始める様子もなくて、郁海はバッグの中から写真を取りだした。

「これ……ありがとうございました」

「母の写真、初めて見たの？」

「はい」

「田中さんは、見せてくれなかったんだ？」

問い掛《か》けられるままに郁海は頷《うなず》いた。田中への心証はかなり悪くなりそうな予感がしたが、すでに名前すら知らなかったことはバレているので、ごまかすだけ無駄《むだ》だろうと自分を納得《なっとく》させる。

「その……差し出がましいことを聞くようだけど、お父さんとは上手《うま》く行ってるの？」

「上手く、って……」

郁海は思わず返答に困ってしまった。何を以《もっ》て上手く行っていると言うのかが、正直なところよくわからなかったのだ。

「冷遇《れいぐう》されているとか、そういうことは……？」

「いえ、それはないです」

「でも母親のことを黙《だま》っていたんだろ？　名前も写真も見せないで……」

「……はい」

頷きながらも、頭の中では「でも」という言葉を続けていた。

上手く行っていると言いきれるだけの自信はないが、郁海は田中が父親だということを受け入れているし、それなりの好意も抱《いだ》いている。そして田中は彼なりの愛情を傾《かたむ》けてくれているのだ。

だが説明するには、とても曖昧《あいまい》な関係だった。

「もちろん僕のこともだよね？」

「それは……その、兄弟がいるって知ったら、僕がその兄弟のほうにばっかり行っちゃうかもしれないって、思ったみたいです。子供みたいなんです、田中さんて……」

言いながら孝典の様子を窺《うかが》えば、彼はひどく怪訝《けげん》そうな顔をし、納得出来ていない様子を隠《かく》そうともしていなかった。

無理もない。ジョイフルという大きな会社を束ねる男のイメージとしては、あまりにもそぐわないはずである。まして隠し子のことで子供じみた心配をするなんて、にわかには信じられないに違いない。世間の田中弘像を知っていればなおのことだ。

「びっくりするくらい甘いんです。甘いんですけど、よくわかってないみたいで……その、けっこう突拍子《とっぴょうし》もなかったりするんですけど……」

「でも、佐竹さんのご夫妻が亡くなるまで、君を放《ほう》っておいたんだろ？」

「それは……そうですけど……」

「どうしても一つ聞きたいことがあるんだ。あのマンション……田中さんの自宅じゃないんだろう？」

「……はい」

嘘《うそ》はつけないから肯定《こうてい》してみせると、孝典は重々しい溜《た》め息《いき》をついた。憤《いきどお》りと諦《あきら》めとを含《ふく》んでいて、田中に対する悪感情がそこからは見て取れた。

「あ、あの、でも週に一回は必ず食事してるし、電話はもっとして……」

「ずっと？」

「え？」

「中学一年のときだったんだろ？　引き取られてから、ずっとそうなのか？　あのマンションで一人？」

「えっと……あの、それはまぁ、そうなんですけど……」

どうにかフォローをしようと思うのだが、なかなか言葉が出てこない。そもそも指摘は事実であり、少し前までは郁海もかなり不満に感じていたことだったのだ。だからと言って、今は事実上の同居なのだとも言えない。恋人《こいびと》が部屋で寝泊《ねと》まりをしていることは、ごく一部の限られた人間しか知らないことだった。

「中学生のときから一人でマンションに住まわせておくなんて信じられないな」

「あ、でもお手伝いさんは僕が断ったんです」

そう言ってから、田中のことを庇《かば》おうとしている自分に驚《おどろ》いてしまう。あんな男がどう思われようと、郁海には関係ないはずなのに。

去年までだったら、間違いなく一緒になって田中を糾弾《きゅうだん》していたはずなのに。

郁海はきゅっと唇《くちびる》を引き結んだ。

その表情が、孝典には別の意味に見えたようだった。

「あ、いや、別に田中さんが悪い人だと言ってるわけじゃないんだ。ただ……やっぱり、僕にしてみればその扱《あつか》いはどうかなって……。だって何もかも自分でやってるんだろ？」

「それは僕の意思ですから」

「でも君はまだ未成年なんだし。週に一回しか顔を合わせないなんて無責任じゃないか？」

「……今は特に不満はないんです」

本心から郁海はそう言った。恋人と毎日寝起きを共にして、一緒に食事をして、少し変ではあるが、愛情を注いでくれる父親もいて、いい友達もいる。郁海の環境《かんきょう》はこの半年ほどで劇的に変化し、抱《かか》えていた不満も寂《さび》しさも、今はほとんど感じることがない。

顔を上げて、じっと孝典を見つめた。

彼が田中をよく思えないのは当然だ。外から見たら、相変わらず郁海は妾腹《しょうふく》として冷遇されているように見えるのだろう。

「行きたい学校にも編入させてもらったし、田中さんはうちに来いって言ってくれてます。ただ僕がまだ……」

「田中さんて……そう呼んでるの？」

孝典は目を丸くし、それから少し顔を歪《ゆが》めた。

哀《あわ》れむような視線だった。可哀相《かわいそう》な子供だと、そう思っているのが言葉よりも雄弁《ゆうべん》に伝わってくる。

「それは……その、最初は反発してましたから」

「当然だと思うよ」

「でも、今は何ていうか……照れくさくて、なかなか呼べなくて……」

思いがけず本音が口をついて出た。加賀見あたりは承知していることだろうが、自ら口にしたのは初めてだった。

相手がまだよく知らない相手だからこそ言えたのかもしれない。

「だから本当に、心配ないです」

「でも、まだ高校生なんだから……」

「親が見張ってなくても、僕は夜遊びとか外泊《がいはく》とかはしないし、勉強だってちゃんとしてますけど」

「そうじゃないよ。うん、君がそういうタイプじゃないことは見てればわかる。でもさ、一人暮らしで、もし何かあったら危ないよ。君の友達も言ってたじゃないか。誘拐《ゆうかい》の危険があるわけだろ？」

「平気です」

きっぱりと言い切ると、孝典は苦笑《くしょう》まじりに溜め息をついた。聞き分けのない子供相手の説得に、手をこまねいているような態度だった。

あのマンションはセキュリティーがしっかりしているのだ……と言っても、そのくらいではとても引き下がってくれそうもない。

仕方なく郁海は、言うつもりのない加賀見のことを一部分だけ打ち明けることにした。

「実は、僕の部屋の隣《となり》にお目付役の人が住んでいるんです」

「お目付役?」

「はい。半分、ボディガードみたいな感じで……」

本当のことではないが、完全に嘘というわけでもない。微妙《びみょう》なラインだから、あまり詳《くわ》しく言いたくないというのが本音であった。

「だから、そっちのほうも心配はないです。その人とは仲もいいですし、何かと相談にものってくれるし……」

「田中さんの部下?」

「いえ。契約《けいやく》してる弁護士さんなんです。佐竹の親戚《しんせき》から聞いたかもしれないですけど、僕の後見人だった神保《じんぼ》さんていう弁護士さんの知り合いで」

「ああ……」

ようやく合点がいったように孝典は頷いた。神保の人となりと評判は佐竹の親戚筋でもいいはずなので、話を聞いているならば多少のプラスにはなるだろうと思っていた。なのに、一向に渋《しぶ》い表情は消えずに思案顔のままだった。

むしろ加賀見のことを言ったら余計に眉間《みけん》の皺《しわ》が深くなったような気がした。

「一度、会わせてもらえないかな」

「え？」

今度は郁海が怪訝そうな顔をする番だった。

こんなことは予想していなかった。それに、気がつけば郁海のことを聞かれてばかりで、孝典のほうの話はほとんど聞けていない。

視線を外してストローに口をつけると、孝典は慌《あわ》てた様子で言った。

「あ、別に会ってどうこうってわけじゃないんだ。ただ、やっぱり兄として気になるっていうか……」

再び郁海がじっと見つめると、言い訳のような言葉はぴたりと止まり、すぐに大きな溜め息が聞こえた。

次の言葉を口にするまでは、そう長くかからなかった。

「正直に言うよ。僕はね、田中さんのやり方が気に入らない。納得《なっとく》出来ないし、許せないんだよ。だってそうだろ？　中学一年……十三歳の子を一人でマンションに放り込んで、金だけだしてたなんて、おかしいよ」

「だからそれはもう終わったことだし」

「君が高校生になった、ってだけだろ？」

「それだけじゃないです。僕の意識も変わったし、田中さんも変わりました。心配してくれるのはすごく嬉《うれ》しいけど……」

口は出さないでくれ、とはさすがに言えなかった。言ったら相手を傷つけてしまいそうだし、そこまで強く拒絶《きょぜつ》する気も起こらなかったのだ。

孝典の言い分は正しい。なのに田中を悪く言われると、まるでこの半年間のことまで否定されてしまったような気分になる。

複雑な心境だった。目の前にいるのは、同じ母親を持つ兄なのだ。

実感はまだないし、まだ親しみを感じるというほどではなかったが、嫌《きら》われたくはないと思う。そしてこれからいい関係が築けていければいいとは願っている。

「田中さんのこと……あんまり悪く思ってほしくないです。中野さんにとっては赤の他人かもしれないけど、僕にとっては実の父親だし……」

「ごめん……」

「いえ、僕こそすみません。無茶言ってるのは、わかってるんですけど……」

自然と大きな溜め息が出てしまった。

こんな雰囲気《ふんいき》になるとは思っていなかった。二人で母親の話をして、お互《たが》いのことを知って距離《きょり》と時間を埋《う》めていけるのだと思ってきたのだ。

しばらく沈黙《ちんもく》が落ちた。

会話がなくなると周囲の音が耳に入ってくる。近くにいる女子高校生の甲高《かんだか》い声や、大学生らしいグループの笑い声。携帯《けいたい》電話の着信音や、店内で流れている音楽。

少し前までは、郁海たちの話し声もこの中の一つだったのだ。

沈黙を破ったのは孝典だった。

「悪い人じゃないのはわかったよ。でも、やっぱりやり方はどうかと思う」

「……それは仕方ないと思います」

「どうしても、可哀相な目に遭《あ》ってるんじゃないかっていう考えが払拭《ふっしょく》できないんだ。いくらお目付役がいるからって、一人暮らしには変わりないだろ？　寂しい思いをしているんじゃないかとか……いろいろね」

孝典はそこで、冷め切ったコーヒーを飲んだ。色がついただけの、おそらくは味も香《かお》りも薄《うす》い褐色《かっしょく》の水だ。

「弟がいるって知って、最初は正直言って何の冗談《じょうだん》だと思ったよ」

「お父さんに聞いたんですか？　どうして今頃《いまごろ》？」

「ああ……それは僕が二十歳になったからじゃないのかな。父も、君がどこでどうしているかまでは知らなかった。名前もね。だから、母の友達だった人に連絡《れんらく》を取って、そこから辿《たど》っていったんだ。話を聞いてるうちに、どうしても会わなきゃいけないと思った。どう考えても君が冷遇《れいぐう》されているようにしか聞こえなかったし」

郁海は黙《だま》ってコーラを飲み続けた。氷が溶《と》けて、こちらもかなり薄くなっている。甘いばかりで、美味《うま》いとは感じなかった。

ずっ……と空気を吸い込む音がして、郁海はストローを口から離《はな》した。

嘆息《たんそく》と共に、顔を上げた。

「あの……うちに来ますか？」

「え？」

「僕がどうやって暮らしてるか、見たら少しは納得出来るんじゃないかと思って。確かに田中さんとは別々に暮らしてるけど、それは奥さんの手前もあって仕方ないことなんです。婿養子《むこようし》だから遠慮《えんりょ》してるわけじゃなくて、僕を家に引き取ったら、奥さんが立ち直れなくなっちゃいそうだからなんです」

プライドが高くて繊細《せんさい》な蓉子は、かつて郁海のことを排除《はいじょ》しようとするほどに思いつめたのだ。郁海のことをひた隠《かく》しにしていたのは、田中の保身のためだけではなく、蓉子を追いつめないためでもあったという。

「田中さんは、出来るだけのことはしてくれてます。だからそれを見てください」

「僕が行ってもいいの？」

「制限されてるわけじゃないですから。友達だって、よく来てます。お目付役っていっても監《かん》視《し》してるわけじゃないですよ？」

孝典は大きく頷《うなず》いて、残ったコーヒーを喉《のど》に流し込んだ。互いの飲み物が空になると、どちらからともなく席を立った。

駅はほとんど目の前で、電車に乗ってしまえばたったの数駅。マンションまでは、あっという間だった。

「あの、中野さんのお父さんは、こうやって僕に会ってることを知ってるんですか？」

「言ってはいないけど、想像はしてるんじゃないかな。だからってどうこう言う人じゃないんだ。さっき君が言ったのと同じ。うちの父にとって君は他人だけど、僕にとっては弟だから」

「他《ほか》に兄弟は？」

「いないよ。ずっと一人っ子だった。だからかな、余計に弟がいるって知ったら、嬉しくなっちゃって」

初めて孝典が笑顔《えがお》を見せたことで、郁海は自分がまだ一度も彼の前で笑っていなかったことを自覚した。

何だか申し訳ない気分になった。

「あ、そうだ。一つ頼《たの》みがあるんだ」

「何ですか……？」

「せめて名前で呼んでくれると嬉しいんだけど」

「……ごめんなさい」

「謝らなくてもいいよ。会うの二度目で、兄弟として見ろっていうのは難しいと思うしね。でもそのうち敬語もやめていってほしいな」

郁海は曖昧《あいまい》に頷きながらエントランスのロックを解除した。

「すごいな……こんな高級なマンションに入るのは初めてだ」

孝典は独《ひと》り言《ご》ちながら、きょろきょろと中を見回している。思えば郁海は初めてここへ足を踏《ふ》み入れたとき、そんなふうに中を観察する余裕《よゆう》もなかった。佐竹の両親を亡《な》くした悲しみも癒《い》えていなかったし、自分の明日さえもよくわからなくて、その怒《いか》りを会ったこともない田中に向けていたのだ。

あのときは、今のこの状態など想像もしていなかった。

エレベーターを降りても、孝典は視線を忙《せわ》しなく動かしていた。

「ここが、お目付役の部屋？」

「そうです」

加賀見の部屋の前を通りすぎ、一番奥のドアを開けた。最初にそっとドアを薄く開いたのは、もしも加賀見の靴《くつ》があったら……と懸念《けねん》を抱《いだ》いたからだ。

だが杞憂《きゆう》だった。留守中に彼が部屋にいるなど、非常事態でもない限りないことなのだ。

「あ、どうぞ」

スリッパを揃《そろ》えて置いて、郁海はお茶の用意をするためにキッチンに入った。孝典に席を勧《すす》め、ケトルが沸騰《ふっとう》するのを待ちながら、携帯電話で加賀見にメールを打った。

孝典を連れてきたことを知らせようと思ったのだ。

だがその文を打っている最中《さなか》に、玄関《げんかん》で物音がした。

鍵《かぎ》を回す音だった。

「あれ……？」

同時に反応《はんのう》はしたものの、それを声に出したのは孝典だけだった。郁海には、今の音の意味することがわかってしまった。

加賀見だ。郁海が帰ってきたのがわかったのか、ドアを開けて入って来ようとして、孝典の靴を見つけたのだろう。その証拠《しょうこ》に、ドアを閉める音は聞こえなかった。加賀見は音を立てないように注意したらしい。

「今、玄関のドアが……」

「あー……えっと、ちゃんと閉まってなかったのかも……」

「いや、僕がきちんと閉めた。ちょっと見てくる」

止める間もなく孝典は玄関へ行ってしまった。

郁海が途方《とほう》にくれて手にした携帯電話を見つめていると、着信メロディと共に加賀見の名前が表示された。

「はいっ……」

『悪かったね。中野孝典がいるのか？』

声が漏《も》れないようにという配慮《はいりょ》か、加賀見の声はかろうじて聞き取れるかというくらいの大きさだった。

「そうです。僕こそ言うのが遅《おそ》くてすみません」

『ごまかせそうか？』

「……あんまり自信は……。あの、言っちゃったほうがいいかも……」

『判断は任せるよ。何かあれば呼んでくれ。ああ……何だったら、このまま電話を繋《つな》いでいてもいい』

「そんなことしなくても平気ですってば」

視界の隅《すみ》に、孝典の姿が入ってきた。

郁海は電話を耳に当てながら、何でもないふうを装《よそお》って沸騰した湯をカップに注いだ。孝典がこちらを見ているのはわかっていた。

「それじゃまた」

短い通話を終えて電話をカウンターに置くと、郁海はトレーにカップを載せてリビングへと出ていく。

「さっきの物音、気のせいじゃないと思うんだ。でもオートロックだろ？　合い鍵は誰《だれ》が持ってるの？」

「たぶん、お目付役の人だと思います」

「その人、いきなり部屋に入ってきたりするの？」

「僕も向こうの部屋の鍵は持ってますから。一緒《いっしょ》にご飯食べたりするんです。家族……みたいな感じで」

さすがに恋人《こいびと》とは言えないから、言葉を選んでそう言った。だが孝典は表情を険しくして、目の前のカップを眺《なが》めていた。

心なしか、さっきよりも不機嫌《ふきげん》そうだった。

「あの……？」

「ちょっと、呼んでくれないかな」

「はい？」

「その人と話がしたいんだ。兄として、ご挨拶《あいさつ》もしたいし」

兄として、という部分がことさら強調されていたような気がしたのは、郁海の気のせいだろうか。

「ええと……」

判断は任されたばかりだ。ということは、ここで加賀見を呼ぶかどうかも、郁海が判断していいことになる。

郁海はキッチンに戻《もど》って携帯《けいたい》電話を手にした。

ボタンを押すときに躊躇《ちゅうちょ》してしまったのは、加賀見を見て、そして話して、孝典がどう思うかが気になってしまったからだ。

たとえば最初の頃《ころ》、郁海は加賀見が気にくわなかった。ものの言い方も、意味ありげに笑うときの視線も、いちいち気に障《さわ》って仕方がなかった。それと同じような印象を孝典が抱かないとも限らないのだ。

生真面目《きまじめ》そうな彼が、加賀見のような人間に対してすんなり馴染《なじ》めないことは、自分の例を見ても否定できない。

「どうかした？」

「い、いえ……」

あまり躊躇しているのもまずいかと、郁海は心を決めてボタンを押した。

コール二つで、声が聞こえてきた。

『どうした？』

「あ、あの……今からこっちに来てくれませんか？」

『帰ったのか？』

「いえ、そうじゃなくて……。ええと、中……孝典さんが、加賀見さんに挨拶をしたいそうなので……」

『なるほど……。やはり、さっきのはまずかったらしいな。今から行くよ』

察しのいい加賀見のことだから、だいたいの話の流れは見えたらしい。電話が切れて、間もなくして玄関で物音がした。

孝典の視線が廊下《ろうか》に向けられた。

加賀見がゆっくりとリビングに姿を現すと、孝典は少し目を瞠《みは》り、それから会釈《えしやく》をした。言葉は発しなかった。

先に口を開いたのは加賀見のほうだった。

「加賀見です。初めまして」

「中野孝典です。突然《とつぜん》、すみません」

「いいえ。こちらこそ先ほどは失礼いたしました。帰宅したらこちらに伺《うかが》うことになっていたものですから」

加賀見は孝典の斜向《はすむ》かいの席に座りながら、あくまで悠然《ゆうぜん》とした態度を崩《くず》さなかった。話し方も仕草も、浮《う》かべる笑顔《えがお》さえも、完全に営業用だ。郁海との初対面のときのような、慇懃《いんぎん》無礼な態度は微塵《みじん》もない。知的で、社会的な地位のある大人といった風情《ふぜい》だった。

郁海は内心でほっと安堵《あんど》の息をつきながら、加賀見の隣《となり》に座った。

これならば孝典でも不信感は抱かないことだろう。

「いつも、あんなふうに勝手に入ってくるんですか？」

だが郁海の安堵も束《つか》の間で、孝典は険しい表情と口調で加賀見に言った。

啞然《あぜん》として見つめる中で、加賀見は笑みを崩さずに、それでも少し苦笑《くしょう》に近い色を浮かべて言葉を返した。

「留守中には入りませんよ」

「本当です……っ」

思わず加勢すると、孝典は納得《なっとく》したのかしないのか、浅く溜《た》め息《いき》をついた。

「加賀見さんに、一つ聞きたいことがあるんですが……」

「どうぞ」

「あなたは僕の存在を前から知っていたんですか？」

睨《にら》むような目だった。嫌悪《けんお》を抱《いだ》いている様子はないのだが、妙《みょう》に突《つ》っかかってくる。何が気に障ったのかと、郁海はおろおろしながら加賀見の横顔を見やった。

端整《たんせい》な横顔は相変わらず穏《おだ》やかな笑みを浮かべていた。

「ええ。ですが、田中社長に雇《やと》われている身で、契約事項《けいやくじこう》に違反《いはん》することは出来ませんでしたのでね。社長もあえて言いはしませんでしたが、故意に隠《かく》していたわけでもないんです。仮に郁海くんが尋《たず》ねれば答えたことでしょうね」

「でもそれはフェアじゃないと思います。まずは僕の……異父兄弟の存在を知らせて、その上で郁海くんの意思を確認すべきだったんじゃないですか」

「同感ですね」

加賀見は当然のようにさらりと言いのけ、意気込んでいた孝典を絶句させた。彼もまさかそう返ってくるとは思わなかったのだろう。

「ですが、大目に見てやってくれませんか。田中氏は、郁海くんを佐竹夫妻に任せっきりだったことを後悔《こうかい》しているんですよ。遅まきながら、いい親子関係を築こうと努力している。せめて自信が持てるまでは……と思っていたそうですよ」

「それは伺《うかが》いましたけど、今だって人任せじゃないですか。失礼ですが、他人のあなたに、つまりは金で側《そば》にいさせているんでしょう？」

「いえ、私がここにいるのは契約の外ですよ」

あっさりと本当のことを口走る加賀見の袖《そで》を、郁海は思わず指先で引っぱった。視線は自然と上目遣《うわめづか》いになってしまう。

加賀見が一瞬《いっしゅん》だけ目を向けてきて、すぐに孝典に視線を戻した。

大丈夫《だいじょうぶ》だからと、言葉の外で告げられた。

「今は雇用《こよう》者の息子《むすこ》さんとしての付き合いをしているわけではありません。隣人《りんじん》として……そうですね、叔父《おじ》と甥《おい》のようなものですか」

後半部分は嘘《うそ》だったが、もちろん正す気もなく郁海は黙《だま》っていた。そのほうが平和なのは間《ま》違《ちが》いなかった。

だからつい、言葉を足した。

「そうなんです。いろいろと頼《たよ》っちゃって」

「ふぅん……」

すっと温度が下がったように感じて、縋《すが》るように加賀見の顔を見つめた。何かまずいことを言ったらしいとわかっても、その理由がまったく理解できなかった。

フォローの言葉も見つけられず、一人で動揺《どうよう》していると、不意に加賀見の携帯電話が鳴り始めた。

最初は無視していたが、一度切れてまた鳴り始めたので、さすがに開いて液晶《えきしょう》を見やった。

「……失礼」

席を立ちながら、通話ボタンを押した。

孝典は相変わらずムッツリと黙りこくったままで、組んだ両手を膝《ひざ》の上に乗せている。どうにも彼の感情の法則がわからなかった。

「どうした？」

廊下から聞こえてくる加賀見の声は、少しトーンが柔《やわ》らかかった。郁海以外であぁいう言い方をするのはたった一人しかいない。

液晶画面を見たわけではないが、相手は加賀見の姪《めい》だと確信した。

「何だって？　ちょっと待ちなさい……！　どういうことだ？」

珍《めずら》しく焦《あせ》ったような口振《くちぶ》りに変わったので、郁海は視線を加賀見に向けた。孝典も同様に見つめていた。

「本当なのか？　ああ、とにかく開けるから待ちなさい」

電話を切るなり、加賀見はここまで聞こえるほど大きな溜め息をついた。

話の流れから言って、考えられることは一つだった。

「あの……？」

「姪が下にいるらしい」

「って、高知の？」

「ああ。まったく……何を考えているんだか……。とにかく、失礼させてもらうよ。中野さん、話の途中《とちゅう》で申し訳ありません」

「いえ……」

実に慌《あわ》ただしく加賀見は部屋を出ていった。

郁海は茫然《ぼうぜん》と、その姿を見送っていた。

4

エレベーターが開くなり、現れた少女は加賀見に向かって飛びついてきた。手から離《はな》れた荷物が音を立てて通路に落ちても、彼女はまったく気にする素振りを見せなかった。

「英志さんっ……！」

「こら、叔父さんと呼びなさいと言っているだろう」

「やだ。だってそんなんじゃ色気ないもん」

「色気は必要ない」

加賀見は少女を引きはがして荷物を拾い上げた。それをひどく不満そうに見つめて、少女はぷっと頬《ほお》を膨《ふく》らませている。

北村綾奈《きたむらあやな》、というのが彼女の名前だ。加賀見の異父姉の娘《むすめ》で、郁海と同じ高校二年生。女の子としてはけっして小さいほうでもなく、郁海とそう身長は変わらないだろう。身内の贔屓目《ひいきめ》を抜《ぬ》きにしても美人で、両親から甘やかされ、周囲からちやほやされてきたせいか、少しわがままなところがあった。

背中までのさらさら髪《がみ》は、今は茶色に染められていた。少し会わないうちにずいぶんと大人っぽくなったものだと、思わず感心してしまう。

だが今は甘い顔を見せるつもりはなかった。姉からの連絡《れんらく》が一切《いっさい》ないと言うことは、黙って出てきた可能性が極《きわ》めて高いのだ。

「それで？」

「ゴールデンウィークで学校も休みだし」

「理由になっていないね」

「だって、英志さんはちっとも来てくれないし。最近、電話もあんまりくれなくなったし、急に引っ越《こ》しもしちゃったし、気になっちゃったんだもん」

「だからって急に来るか？　私の都合も考えなさい」

「予告したら駄目《だめ》って言われそうなんだもん」

確かにその通りだった。しかし来てしまったものをこの場で帰すこともできず、加賀見は仕方なく綾奈を部屋に通した。

「まずは家に電話だ。どうせ黙って来たんだろう」

「当たり」

悪びれたところのない綾奈に、加賀見は故意に舌打ちをしてみせた。こちらは歓迎《かんげい》していないのだというところを示さないと、どこまでもつけ上がってしまいかねない。

「すぐに強制送還《そうかん》してやる」

「えーっ」

「えー、じゃない」

加賀見は受話器を取り上げて、登録してある番号へ電話を入れた。呼び出しを始めてまもなく、覚えのある声が聞こえてきた。

『はい、北村でございます』

落ち着いた声音《こわね》は、とても綾奈の心配をしているようには思えなかった。

「その分じゃ、まだ気づいてないんだな。綾奈がこっちに来てるよ」

『えっ……？』

短い絶句のあと、大きな溜《た》め息《いき》が聞こえてきた。

「マンションの下から電話が掛《か》かってきてね。すぐに追い返したいところなんだが、迎《むか》えに来られないか？」

『東京まで？　ああ……でも、そうしないと、自分からはおとなしく帰らないわよね……』

「だろうね」

綾奈の性格は互《たが》いによく理解している。納得《なっとく》しないうちは、誰《だれ》かが送っていくか迎えに来るかしなければ動かないはずだ。

問題の当人は、電話の内容を気にすることもなく、勝手に部屋を見て回っていた。

「あさってから旅行の予定でね。かまっていられないんだよ」

『困ったわ……今日はもちろん無理だし、明日は人と約束が……。あさって……は夕方ならいけそうだわ。ああ、あなたは気にすることないのよ。綾奈のことはいいから、鍵《かぎ》だけ渡《わた》して出かけちゃいなさい』

「いいのか？」

『もうそんなに子供じゃないもの』

さらりと告げられた言葉に加賀見は苦笑《くしょう》した。

綾奈だけでなく、同じ年の郁海に対しても過保護になってしまう身としては、耳が痛い言葉だった。綾奈に関しては生まれたときから見ているせいか、いつまで経《た》っても子供だという意識が抜けないし、郁海に対してはつい要《い》らない心配をしてしまう。

悪い癖《くせ》かもしれない。

「ま、とりあえず説得はしてみるよ」

『代わってくれる？』

「ああ……綾奈」

キッチンを見ていた綾奈を呼ぶと、気乗りしなさそうにやって来て、溜め息をつきながら受話器を受け取った。母親の小言や説教は当然とかまえているようだが、だからといって殊勝《しゅしょう》に聞く玉でもないのだ。

ほとんど相槌《あいづち》を打つだけで話を聞いている綾奈をよそに、加賀見は壁《かべ》の向こうの郁海を思った。今頃《いまごろ》、孝典とどんな話をしているのか、突然《とつぜん》の訪問者を追い返すことよりも、よほど気がかりだった。

とりあえず今日のところは綾奈を泊《と》めなくてはならないだろう。今から高知まで送ることも不可能ではないが、時間的に今日中には帰って来られなくなるのは間違《まちが》いない。あさっての出発に支障はあるまいが、わざわざ送るような真似《まね》をしたら、綾奈を喜ばせるだけのような気もした。

(味を占《し》めそうだな……)

やはり綾奈のことは放《ほう》っておくしかないだろう。聞き分けがなくても、そこは無視してしまえば済むことだった。

やがて電話を終えた綾奈が、受話器を置いてくるりと加賀見に向き直った。

「アヤシイよね」

「やぶからぼうだな」

びしり、と指を差されても、何のことだかさっぱりわからない。仕事のことならば今さらだし、怪しまれるようなことをして見せた覚えもなかった。

綾奈《あや》は腰《こし》に手を当てて、仁王立《におうだ》ちになって言った。

「だってキッチンとかお風呂《ふろ》とか、あんまり使ってる感じしないんだもん。ベッドも見たけど、シーツぱりぱりしてたし」

「余計な詮索《せんさく》はするんじゃない」

「だって、他《ほか》にもいろいろとあるんだもん！　急に引っ越したし、前ほど綾奈に優《やさ》しくなくなったし、変わっちゃった！」

「どこがだ」

「だって誕生日プレゼントも遅《おく》れたし、電話もくれなかったよ」

根拠《こんきょ》としてはあまりにも些細《ささい》で、加賀見は思わず鼻で笑ってしまった。それがまた彼女の気にそぐわなかったようだった。

「さっきだって、おかしかったもん。インターホン押しても駄目だったのに、携帯《けいたい》にはすぐに出たじゃない」

「たまたまだ。タイミングの問題というやつだよ」

「ふーん……」

声と目の表情から、納得していないのは明らかだった。

こういうところがすっかり「女」という感じで参ってしまう。物心がついたときから加賀見に懐《なつ》いていた彼女は、幼稚園《ようちえん》のときに加賀見に告白し、以来、今でも他に好きな男を作らないでいる。

絶対に叔父《おじ》とは呼ばず、何度注意しても名前を呼びたがり、ときには人に、加賀見のことを婚約者《こんやく》だなどと紹介《しょうかい》する。

おそらく基本的なところで甘さがあるから、言うことを聞かないのだ。ソファに腰かけながら、加賀見は厳しい表情を作った。

「帰りなさい」

「イヤ。そういえば英志さん、あさってから旅行ってほんと？」

「そうだ。嘘《うそ》をついてどうする」

「誰といくの？」

話を逸《そ》らそうとしているのか、本当に興味が強いのか。あるいは両方かもしれないと思いながら加賀見は言った。

「誰でもいいだろう。お前の知らない相手だよ」

「まさか恋人《こいびと》じゃないよね」

口調を強めながら近づいてきた綾奈は、加賀見の腕《うで》に自分の華奢《きゃしゃ》な腕を絡《から》め、じっと見つめ上げてきた。

「わざわざ高くて混んでるゴールデンウィークに行くってことは、相手は普通《ふつう》に働いてる人ってこと？」

なかなか鋭《するど》いところを突《つ》いてくるものだ。カンもよくて、察しもいいなどとは、怖《こわ》い女になりそうである。

「何してる人？　年は？　美人？」

矢継《やつ》ぎ早《ばや》の質問に対する答えは、大きな溜め息と、故意に作った冷ややかな言葉。

「干渉《かんしょう》するな」

「だって英志さんが誰かと旅行なんて想像できないっ」

「できなくて結構だ」

加賀見は絡みつく腕を軽く叩《たた》いてみたが、離《はな》れるどころかますますムキになってしがみついてきた。

まったくこういうところは子供だった。

「離しなさい」

「誰と行くか言うまでダメ」

めげないのも、しつこいのも、どんなに加賀見が冷たい態度を取ろうが怒《おこ》ろうが、最終的には自分を嫌《きら》うまいという自信があるからだ。実際、彼にとって綾奈は可愛《かわい》い姪《めい》であって、たいていのことならば許してしまう。

要するに足元を見られているのだ。

「綾奈。いいか、私のことは……」

説教を始めようとしたそのときに、玄関《げんかん》で呼《よ》び鈴《りん》が鳴った。

玄関、ということは、状況《じょうきょう》的に考えて隣《となり》から来たという確率が高かった。

一瞬《いっしゅん》の躊躇《ちゅうちょ》を、綾奈は見逃《みのが》さなかった。

するりと腕を離して、玄関へ向かって走り出す綾奈を追った。昔からすばしっこい子供だったが、それは今でも変わらないらしい。

これは扉《とびら》を開けるしかないだろう。摑《つか》まえたところで綾奈が諦《あきら》めるわけもないし、下手にごまかせばますます興味を抱《いだ》き、詮索をしたがるに決まっていた。

綾奈はドアスコープから外を見て、すぐに不満そうに振《ふ》り返った。

「男の人」

「男……？」

ニュアンスからして――つまり男の子と言わなかったことからして、郁海ではなかったらしい。ならば孝典だろうかと確かめると、やはりその通りだった。

加賀見は綾奈を下がらせて、ドアを開けた。

「あ、すみません。帰るのでご挨拶《あいさつ》をと思いまして」

まだ二十歳だというのにやけにきちんとしていて驚《おどろ》かされてしまう。

正直な感想は、よく言えば真面目《まじめ》であり、悪く言うとあまり面白味《おもしろみ》のない男……というところだった。

孝典は加賀見の後ろにいる綾奈を見て、わずかに目を瞠《みは》ったが、すぐにぺこりと頭を下げてきた。

「綾奈が出る……！」

それを綾奈の目が値踏《ねぶ》みするように見つめている。

「つまんなそうな男……」

小さな呟《つぶや》きは、幸いにして加賀見の耳までしか届かなかった。もっとも、そのつもりで口にしたのだろうけれど。

「いろいろと失礼なことを言ってすみませんでした。郁海のことを、どうぞよろしくお願いします」

「いえ。当然のご心配だと思いますよ。田中氏のことでお怒《いか》りになるのもね」

「郁海は加賀見さんをとても頼《たよ》りにしているみたいですから……その、これからも力になってやってください。急に現れた僕が言うのも、何だかおこがましいんですが」

「とんでもない」

営業用の笑顔《えがお》を浮《う》かべている加賀見の後ろで、綾奈がふーんと鼻を鳴らし、孝典のほうへと足を踏み出した。

「こんにちは」

にっこりと笑うその笑顔の質に、加賀見は自分と同じものを感じた。

「あ、ど、どうも……はじめまして」

「よくわからないんですけど、どちら様ですか？」

「ええと……隣の、佐竹郁海の兄……なんですが」

戸惑《とまど》いがちな視線が言葉の途中《とちゅう》で加賀見に向けられた。どこから説明したらいいのか困惑《こんわく》している様子だった。

加賀見が口を開くより先に、綾奈は廊下《ろうか》へ出ていった。

目的は確認するまでもないことだった。

「待ちなさい！」

ドアストッパーを挟《はさ》んで加賀見が後を追ったときには、すでに綾奈の指は郁海の部屋の呼び鈴を押していて、間もなくガチャリと内側からノブが回った。

「どうか……」

郁海は目を瞠って言葉を失い、そのまま綾奈を見つめて固まった。ドアは半分くらい開いたままだった。

「綾奈……！」

華奢な肩《かた》を摑んで加賀見が窘《たしな》めるが、反応《はんのう》したのは綾奈ではなく郁海のほうだった。救いを求めるような目をしている。

そして綾奈は今度も唐突《とうとつ》だった。

「ねぇ、あさってから旅行？」

「は……？」

「英志さんと旅行なのって聞いたの」

綾奈は振り返ることもなく郁海を見据《みす》えているが、指先だけはびしりと加賀見を差していた。詰《つ》め寄るような口振りだった。

郁海がぎこちなくその細い顎《あご》を引くと、綾奈はもう一度「ふーん」と鼻を鳴らした。

「年いくつ？」

「え……十六……」

「綾奈と一緒《いっしょ》だ。二年？」

「はぁ」

郁海はじりじりと気圧《けお》されて、確実に先ほどよりも半歩後ろに下がっていた。だが二人の距《きょ》離《り》は縮まっていないのだから、要するに綾奈がどんどん前へ出ているということだった。

「それで、英志さんとはどういう関係？」

「いい加減にしないか、綾奈」

「別にいいじゃない。旅行するのが自分と同じ年の男の子なんてわかったら、どうしてって思うの当然でしょ。それともなーに？　ヤバイことでもあるの？」

「不躾《ぶしつけ》だと言ってるんだ。お前がそうだと、叔父《おじ》の私が恥《はじ》をかくだろう」

正論には勝てずに、綾奈はぐっと言葉を飲み込んだ。わがままではあるが、彼女は無闇《むやみ》に自分の理屈《りくつ》を押し通すほど自己中心的ではないし、頭だって悪くない。

「あ……あの、加賀見さんの姪の……？」

「ああ、そうだ。紹介《しょうかい》が遅《おく》れたね。姪の……」

「北村綾奈。よろしくー」

「ど、どうも……あの、佐竹郁海……です」

郁海はしどろもどろに自己紹介をした。どうやら綾奈の勢いに押されて、どう立ち振る舞《ま》ったらいいのかわからないらしい。

孝典に至っては、さっきから突《つ》っ立ったまま微動《びどう》だにしなかった。

「気が済んだら戻《もど》りなさい」

「いや。郁海くんとお話ししたいんだもん」

綾奈はいつも加賀見にするように、郁海の腕《うで》に自分のそれを回した。あたふたと動揺《どうよう》している郁海だが、困り切っているだけで振り払《はら》おうとまではしない。郁海はこう見えてかなりフェミニストなのだった。

それにしても、二人が身を寄せて並んでいても違和感《いわかん》というものがない。

加賀見は頭の中で、女子高生がじゃれあっているようだ……と感想を抱いた。口にしたら、郁海が不機嫌《ふきげん》になることだろう。

「あ、あの、それじゃうちでお茶でも……」

「いいのっ？　わぁ嬉《うれ》しい。ほら、英志さん、いいって」

言いながら綾奈は部屋の中に入ってしまった。ここで引きずり出したらまた大騒《おおさわ》ぎになりそうだし、第一家主がいいと言ったものに加賀見が口を出す正当な理由などはない。

嘆息《たんそく》と共に、加賀見は踵《きびす》を返した。

「戻るの？」

「ドアを閉めてくる」

こうなったら付き合うしかなかった。自分のいないところで、綾奈が何かとんでもないことを言い出さないとも限らないのだ。

加賀見は一度戻って、鍵《かぎ》と携帯《けいたい》電話を手にして再び廊下へ出た。すでに人影《ひとかげ》はなくなっていて、郁海の部屋のドアは、ストッパーが挟まっている状態になっていた。

面倒《めんどう》なことになったものだ。

加賀見はドアをくぐる前に、小さく溜《た》め息《いき》をこぼした。


「……どうぞ」

紅茶を二人の前に置いて、郁海はさり気なくキッチンへと戻った。

二人というのはもちろん綾奈と孝典のことだ。帰るはずだった孝典は、何故《なぜ》かまた戻ってきてしまって、綾奈と並んで座っていた。

どうしていいのかわからない、というのが正直な気持ちだった。

（すごいテンション高い……）

綾奈のあの勢いにはとてもついていけなかった。同年代の女の子と接する機会はあまりないので、まともに会話を交《か》わしたのは中学一年のとき以来だ。佐竹の両親の許《もと》で暮らしていたときは共学だったのである。

だが以前の学校は生徒自体がそう多くない上、おとなしい少女ばかりだったから、綾奈のような勢いに押されたのは初めてだった。

溜め息をつこうとしていると、驚《おどろ》くほど間近で声がした。

「ねえ」

「わっ……」

思わず手にしたトレイを落としそうになって、慌《あわ》てて両手で摑《つか》み直す。

いつの間にかキッチンの中に入ってきていた綾奈は、観察するように郁海を見つめていた。

視線の高さはそう変わらない。郁海のほうが少し高いかというくらいだ。じっくりと見れば綺《き》麗《れい》な子だった。

可愛《かわい》いというよりも、美人のタイプだ。

「何だか事情がよくわかんないんだけど。あの人、本当にあんたのお兄さん？　全然似てないんだけど」

「あ……母親だけ、一緒で……」

「ふーん。英志さんと一緒なんだ」

「ああ、うん。加賀見さんのほうがもっといろいろ複雑だけど」

「まーね。それで、ただのお隣《となり》さん？　英志さんが急に引っ越《こ》したのと、何か関係があったりするの？」

質問は次々と向けられて、しかも核心《かくしん》を突いてくる。

迂闊《うかつ》な返事は出来なかった。下手なことを口走り、そこから破綻《はたん》して窮地《きゅうち》に追い込まれる可能性だってあるのだ。相手は加賀見の姪《めい》だし、高校生ではあるけれども、こちらの関係を知れていいということはないのだろう。

「あの、加賀見さんから何も聞いてない……？」

「全然。英志さんて、自分のことあんまり話してくれないんだもん」

「あ……そうなんだ……」

ほうけて呟《つぶや》きながらも、郁海は安堵《あんど》していた。

姪にすらそうなのだ。加賀見があまり多くを語ってくれないことには、本当に大した意味などなくて、ただ彼がそういう質《たち》だということなのだろう。

「何、嬉しそうな顔してんの？」

だが郁海の安堵など綾奈に理解できるはずもなく、目の前で彼女は突然《とつぜん》不機嫌のオーラを纏《まと》い始めた。

「い、いや別に……」

目が泳ぎそうになったところで、加賀見が現れてくれた。

あからさまにほっとする郁海を後目《しりめ》に、綾奈はぱっと表情を明るいものに変えて、エサを目の前にした猫《ねこ》のように加賀見の許へと走り寄る。

腕にぶら下がる綾奈を見て、郁海の中に不快なものが広がった。

実の姪なんだから……と自分に言い聞かせてみても、嬉しくないものはどうしようもない。

こんな顔を見られたくなくて、郁海はくるりと背中を向けた。

「お前はおとなしく座ってなさい。初めて伺《うかが》ったお宅で行儀《ぎょうぎ》が悪いだろう」

「はーい」

渋々《しぶしぶ》と綾奈はソファに戻っていき、加賀見がカウンター越しに声を掛《か》けてきた。

「郁海くんもおいで」

いつもは呼び捨てにするのに、綾奈と孝典の手前だからひどく他人行儀だ。最初はそうだったのだが、いつの間にか加賀見の声に呼び捨てされることに慣れてしまって、何だかひどく寂《さび》しかった。

「……はい」

郁海は加賀見と自分の分のお茶を淹《い》れて、リビングへ出ていった。

空いていた席は加賀見の隣だ。正面にいるのは孝典で、彼はさっきから、いるのかいないのかわからないほどおとなしくなっていた。

「あるていどのことは話してかまわないか？」

加賀見の視線に、郁海は黙《だま》って頷《うなず》いた。何をどこまで話すかの判断は任せてしまったほうがいい。

それから手短に説明が始まった。

郁海の出生のこと、田中やジョイフルのこと、そして自分が郁海の〈お目付役〉になったことなどが、当たり障《さわ》りのない範囲《はんい》で語られた。

綾奈は相槌《あいづち》を打ちながら、ほとんど口を挟《はさ》まずに聞いていたが、最後にぽつりと言った。

「でも、一緒《いっしょ》に旅行するのって何か変じゃない？」

「そうか？」

「だって、必要ないもん。仕事じゃないんでしょ？　綾奈だったら〈お目付役〉の大人と旅行なんてしたくないな」

「人それぞれだよ。自分の基準で何もかも判断するんじゃない」

加賀見はにべもなく言い放つが、綾奈はまったくめげている様子もなかった。きっと郁海だったら、好きな人にあんなふうに言われたらしょげてしまうことだろう。

（自信あるんだろうなぁ……）

それは郁海には縁《えん》の薄《うす》いものだ。加賀見の気持ちを疑っているわけではないが、絶対的な自信なんて持てなかった。

ぼんやりとしていると、綾奈の視線がまっすぐ郁海に向けられた。

「仲いいんだ？」

「う、うん」

「英志さんのこと、お父さんの代わりにしてるとかじゃなくて？」

「違《ちが》うよ……っ！」

そんなふうに見たことなど一度もなかった。

父親という存在ならば、亡《な》くなった佐竹の父親がいるし、今は田中に対しても違う形で父親として見るようになっている。

加賀見との年の差が気になったりもするのは、自分が子供であるということへの引け目みたいなものだ。

彼は郁海にとって、恋人《こいびと》以外の何者でもない。

とても口に出して言えることではないけれども。

綾奈はまた鼻を鳴らして、じっと郁海を見つめてきた。何かを探《さぐ》ろうとしているように思えて、ひどく落ち着けなかった。

「納得《なっとく》したら、あっちに戻《もど》れ。私は郁海くんに少し話があるから」

「えー、何で、綾奈がいたらダメなの？」

「そうだよ」

はっきりと告げているのに、綾奈は不満そうに口を尖《とが》らせるだけで、一向に立ち上がろうとはしなかった。

加賀見はさらに、顔を険しいものにして言った。

「行ってなさい。言うことを聞かない子は叩《たた》き出すよ」

「邪魔《じやま》者はあっちいけ……ってこと？」

先ほどまでとは打って変わって、綾奈は挑戦《ちようせん》的な目をしていた。その顔はとても高校二年生の女の子には見えない。

まるで大人の女性のようだった。

郁海は最初にその雰囲気《ふんいき》に圧倒《あつとう》され、そしてゆっくりと言葉の意味を咀嚼《そしやく》して飲み込んだ。邪魔者だと彼女は言ったが、それはどんな意味で発せられたのだろうか？

思わず加賀見の横顔を見つめてしまった。

「何を言ってるんだ？」

「ごまかさなくたっていいじゃない。綾奈は邪魔なんでしょ？　この子見て、ピーンと来ちゃったんだから」

加賀見は小さく舌打ちをして立ち上がった。

「とにかく、部屋に戻るぞ」

彼が近づいて腕《うで》を摑《つか》もうとする前に、綾奈はひらりとソファの背を飛び越えてしまった。見た目によらない敏捷《びんしょう》さだった。

「ほーら焦《あせ》ってる。当たりなんだ！」

「綾奈」

「英志さんが男の子趣味《しゅみ》だったなんて知らなかった！　それじゃ綾奈がどんなに頑張《がんば》ってもダメだよね。いい女になることは出来ても、男にはなれないもん」

爆弾《ばくだん》が落とされた。

郁海は目を瞠《みは》ったまま固まってしまい、加賀見は小さく嘆息《たんそく》した。そして孝典は、啞然《あぜん》として言葉を失っている。

沈黙《ちんもく》を打ち破ったのは加賀見だった。

「くだらないことを言っているんじゃない」

「やだなぁ、大人って。それじゃ、ほんとに綾奈が変なこと言ってるみたいじゃない。ねー、郁海くん。そうでしょ？　英志さんと、デキちゃってるんだよね？」

「え……あ……」

目が泳ぐばかりで上手《うま》く言葉が綴《つづ》れない。まさか肯定《こうてい》することもできないが、笑いとばすことも出来ないのだ。

視線は自然に、縋《すが》るように加賀見を見つめた。

「ほらほら、絶対そうだ。そういう目、してるもん！」

「綾奈。いい加減にしなさい」

「往生際《おうじょうぎわ》が悪いなぁ。別に責めてるわけじゃないんだから、潔《いさぎよ》く認めればいいじゃない。別にエッチしてるって言ったって、差別しないし」

平然と吐《は》き出された言葉に、加賀見は大きな溜《た》め息《いき》をつく。

「……どういうことだ？」

ぼそりと呟《つぶや》きを発したのは、今までその存在をほとんど感じさせなかった孝典だった。信じられないものを見るような目をして郁海と加賀見を見て、それから視線を綾奈に向けた。

綾奈は大きく頷いた。

「見てわかんなかった？　この二人、デキてるよ。そういう匂《にお》いするもん。綾奈、今まで一回も外したことないよ」

きっぱりと、自信に満ちた表情と口調で言い放った。腰《こし》に手を添《そ》えて立っているその姿は、実際よりもずっと大きく見えた。

「デキてるって……」

「だからぁ！　絶対ェッチしてる。賭《か》けてもいいし」

彼女の様子からは悪意というものは見えないが、招いたこの状況《じょうきょう》はけっして歓迎《かんげい》できるものではなかった。

眼鏡《めがね》の奥の目が、郁海を見た。

「本当か……？」

「それは……その……」

動揺《どうよう》がなければもっと上手くごまかせたのに、今の郁海にはまったく余裕《よゆう》がなくて、視線を落ち着かなく漂《ただよ》わせることになってしまう。

それは孝典にとって、肯定以外の何物でもなかった。

「冗談《じょうだん》じゃない！」

怒号《どごう》と共に立ち上がった孝典は、目をつり上げて加賀見を睨《にら》み据《す》えた。

こんなに大きな声が出せたのかと、変なことで感心してしまいたくなるほど意外で、唐突《とうとつ》な怒《いか》りだった。

郁海は唖然として孝典を見上げ、加賀見は冷ややかに同じ男を見下ろしていた。

「何を考えてるんだ！　郁海は男だぞ！　それを……っ」

「いちいち君に説明しなきゃいけない理由はないと思いますが……？」

「僕は郁海の兄だ！」

「だが保護者でも何でもない」

「保護者っ……そうだ、田中氏にこのことを言ってやる！」

「どうぞ」

加賀見は再びソファに座って、悠然《ゆうぜん》と足を組んだ。

黙《だま》って見ていた綾奈が、納得した様子で頷《うなず》いた。

「何だ。郁海くんのパパも知ってるんだ？」

「え……？」

ぎょっとする孝典を無視して、綾奈は続けた。

「そういうことでしょ？」

察しがいいと言おうか、カンがいいと言おうか。綾奈は孝典よりも遥《はる》かに冷静で、むしろ激《げっ》高《こう》している彼に冷ややかな視線を送っている。

「ださっ」

ぼそりと小さく彼女は呟いた。

「綾奈。お前はもういいから黙りなさい」

「はぁーい」

珍《めず》しく素直《すなお》に従って、綾奈は元の位置に戻って座った。

立ち上がっているのは孝典一人で、冷や水を浴びたように、紅潮していた顔からは赤みが引いていた。

「本当だったんだな……」

半ば呆然《ぼうぜん》と彼は呟いた。

「何がですか？」

「郁海くんが、引き取られた先で、けっして幸せな目に遭《あ》ってはいないって……」

「そんなことない！」

思わず黙っていられなくて郁海は立ち上がる。より近い高さから、まっすぐに孝典の目を睨みつけた。

「勝手に決めないでください！」

「郁海くん……」

「加賀見さんとのことは僕が自分で決めたことなんだから、ろくに知りもしないで変なこと言ってほしくないんです」

「でも、この男は田中氏の奥さんの……」

言葉半ばで、加賀見はすうっと目をすがめた。それは隣《となり》にいる郁海ですら気づくほどの、あからさまな変化だった。

思わず郁海は彼を見やった。

「今の話は誰《だれ》から聞いたんですか？」

「あっ……い、いや別に……。ああ、その……佐竹夫妻の親戚《しんせき》の人から……」

「そんなはずはないでしょう。私のことなど、彼らは知りませんからね。ああ、言い方を変え

た方がいいかな。誰が後ろにいるんですか」

「そ、そんなやつはいない……」

誰が聞いたとしても嘘《うそ》だとわかる返答だったのに、加賀見は鷹揚《おうよう》に顎《あご》を引き、まるで納得《なっとく》したようなそぶりを見せた。

だからと言って何を言うわけでもなかった。

真綿で首を絞《し》めるようなものだ。現に孝典は顔色をなくして、視線を忙《せわ》しなく動かしている。

「これだけは言っておきましょう。郁海を見て、実際に話してみて、それでも彼が不幸だと思うのなら、君に郁海を理解することは不可能ですよ。たとえ血の繋《つな》がった兄弟だとしてもね」

「何っ……」

声を荒《あら》くしかけた孝典を黙らせたのは、大きな音を立ててテーブルに叩《たた》きつけられた加賀見の手だった。

「つまり、郁海を不快にさせるだけなら、顔を見せないで欲しいと言ってるんですよ」

「僕はそんな……っ」

「お帰りいただけますか。それで、君の後ろにいる人物に伝えてほしいんですがね。郁海を突《つっ》いてみても、田中氏の弱点は出てこないってね」

加賀見はあくまで穏《おだ》やかにそう言った。怒鳴《どな》っているわけでも、相手を睨んでいるわけでもないのに、その威圧感《いあつかん》に孝典は言葉を失っていた。

止まってしまった場を動かすために加賀見が顎をしゃくると、孝典は紙のように顔を白くしたままゆらりと歩き出した。

ソファから離《はな》れたところで、郁海を見た。

「心配なのは、本当なんだ……」

審判《しんぱん》を仰《あお》ぐ罪人のような顔だと思う。許しを与《あた》えられるのはきっと郁海だけで、孝典はそれをただ待っている。

郁海は黙って頷いてみせた。

孝典の言葉に嘘はないような気がした。

少しは救われたのか、彼はそのまま部屋を後にした。

郁海は遠くでドアが閉まる音に意識を向けながらも、その場からは動かずにいた。見送りが出来る気分じゃなかった。

加賀見は少し離れたところで電話をしている。郁海にまではよく聞こえないが、孝典のことで誰かに指示を出しているらしかった。

戻《もど》ってきた加賀見は、郁海の肩《かた》に大きな手を置いた。

顔を上げると、柔《やわ》らかな色をした目が、郁海をじっと見つめていた。

「どういうことですか……？」

「彼は誰かに入《い》れ知恵《ぢえ》をされていたようだね。誰かまではまだわからないが、田中氏の弱みを握《にぎ》りたいようだ」

また田中に絡《から》んだことかと、郁海は溜《た》め息《いき》をついた。

「でも僕は何も知らないし……」

「何かあるんじゃないかと相手は期待したらしいな。おそらく、田中氏の清廉潔白《せいれんけっぱく》な生活も関係していそうだが……」

「はい？」

「今まで不特定多数の女性と付き合っていたからね。その中に、目的を持っていた者が紛《まぎ》れ込んでいた可能性は高い」

「つまり、スパイ？」

いきなり綾奈が口を挟《はさ》んできた。目がきらきらと輝《かがや》いているのは、スリリングな話を期待しているせいだろう。

「まぁ、そうだ。田中氏はそこ以外では付け入る隙《すき》のない男だからね」

「ふーん、そうなんだ？」

「仕事では、むしろ完璧《かんぺき》だな。ワンマンというわけではないが、容赦《ようしゃ》もない。判断力と決断力は私から見ても素晴らしいね。誰も文句のつけようがない」

「でも全員が郁海くんのパパをよく思っているわけないじゃない。そんなことって、絶対にないもん」

郁海は驚《おどろ》きと共に綾奈を見つめた。事情をあるていど知っている郁海ならばともかく、ほとんど何も知らないはずの彼女が即座《そくざ》にそういった判断を下したのが意外だった。

だが加賀見は平然と頷いて続けた。

「その通りだ。不穏《ふおん》分子は、常に社内にいる」

「それを英志さんが調べるの？」

「余計な詮索《せんさく》はするんじゃない。お前もさっさと向こうへ戻りなさい。嫌《いや》なら無理にでも連れて行くよ」

加賀見は綾奈の腕《うで》を摑《つか》んで、そのまま歩き出した。そろそろ本当に許容の水位が上がってきているようだった。

綾奈は文句を言いながらも楽しそうで、リビングを出て行くときに肩越《かたご》しに振《ふ》り返って、郁海に手を振りさえした。

邪気《じゃき》のない笑顔《えがお》に毒気もそがれる。

急にしんと静まりかえったリビングで、郁海はぼんやりとソファに沈《しず》み込んだ。

気持ちがついていかない。加賀見の姪《めい》が現れてみたり、異父兄が誰かに頼《たの》まれて郁海の周辺を探《さぐ》ろうとしていたり……。

溜め息が出た。

ショックがないと言ったら嘘になる。孝典が郁海の身を案じていたのは嘘じゃないと思うけれど、背景があったことで素直《すなお》な気持ちは抱《いだ》けなくなっている。

それに、綾奈の存在だ。

悪い子じゃない。我《が》は強そうだし、ずけずけとものは言うし、押されてしまうような勢いはあるけれど、回転も良さそうだし、悪意というものを一切《いっさい》感じない。たぶん郁海は綾奈のことが嫌《きら》いじゃない。

だが彼女が加賀見に甘えるたびに、不快感が胸の中に広がってしまうのだった。

姪だとわかっていても、加賀見にとってはそれ以上になるはずがないと承知していても、何だか寂《さび》しくなってしまう。

だって今まで、加賀見はずっと郁海のものだった。自分以外の誰かを優《やさ》しく見る彼なんて、知らなかった。

「ヤキモチ、か……」

自分の中にそんな感情があったのかと驚いてしまう。今まで身に余るほど愛情を注がれてきたから、そんな気持ちになる暇《ひま》もなかったのだ。

久しぶりに「くん」を付けて呼ばれたのも他人行儀《ぎょうぎ》な気がして寂しかった。ただの呼び方一つだ。けれども、けっして意味は小さくない。

（あ……そっか。だから、田中さん……）

父親として呼ばれることに拘《こだわ》る田中の気持ちがようやく理解できた。

このままでも約束の日には呼ぶことになるだろうが、そんな賭《かけ》などなしにしても、くだらない意地なんて捨てればいいじゃないかと自分に言い聞かせる。

こんなことにでもならなければ気がつかない我が身が、少し情けなくなった。

思考の海にどっぷりとつかっていると、玄関《げんかん》のほうで音がした。

のろのろと視線を上げた先に加賀見の姿が見える。キーと携帯《けいたい》電話だけを持っていた。

「加賀見さん……」

「綾奈は風呂《ふろ》に入ったよ」

その隙にこちらに来たということらしい。

加賀見は当然のように郁海の隣《となり》に座り、頭を抱《かか》え込むようにして引き寄せた。体温を感じて、感情が凪《なぎ》に近づいていくのがわかる。

郁海はほっと身体《からだ》の力を抜《ぬ》いた。

「ショックだったか？」

「少し……」

「だが中野は君に対して悪気があるわけじゃない。それはわかるだろう？」

「はい」

もちろんそれは、郁海の判断が間違《まちが》っていなければの話だ。兄とは言え、まだ二度しか会っていない相手なのだから。

確信を抱かせるようにして加賀見は郁海の背中を撫《な》でた。

「彼なりに君を救いたいと思ったんだろう」

だが加賀見や田中のことを悪く思われている以上は、郁海のほうも無邪気《むじゃき》に近寄ってもいけない。

何だか微妙《びみょう》な関係だった。

「……もう少し落ち着いたら、連絡《れんらく》してみます」

「そうだね」

「でも、ちょっと心配で……。僕と加賀見さんのこと……バレちゃったし」

「ああ……」

軽く相槌《あいづち》を打たれ、郁海は小首をかしげた。まるで「そんなことか」とでも言っているように聞こえたからだ。

「平気なんですか？」

「考えてごらん。君のことを真剣《しんけん》に心配している彼が、私とのことをおいそれと他人に言えると思うか？」

「あ……」

そうか、と郁海は呟《つぶや》いた。冷遇《れいぐう》されている、という程度ならばともかく、男の恋人《こいびと》がいて肉体関係まで持っているなんてことは、おそらく郁海の名誉《めいよ》に関《かか》わることだと考えて口を噤《つぐ》む可能性が極《きわ》めて高い。

「問題がある……とも報告できないだろうな。言えば、具体的に聞かれるだろうしね」

「そうですよね……。あの、加賀見さんのほうは……綾奈ちゃんはいいんですか？」

「明日強制送還《そうかん》することにしたよ」

やれやれと溜め息をつきながら彼は言った。

「誰《だれ》か迎《むか》えに来るんですか？」

「いや、空港まで送って行く。ぐずったら、最悪、高知まで行かないとね。もちろん日帰りだ」

「え……」

郁海はぎょっとして加賀見の顔を見上げた。

もちろん難しいことじゃない。飛行機の座席さえ押さえられれば、空港まで迎えに来た親に引き渡《わた》して、とんぼ返りをすればいいだけである。

だがそんな距離《きょり》を日帰りするという感覚が郁海にはまったくないのだった。

「北海道には支障はないから安心しなさい」

こめかみにキスされて、郁海は生返事をした。

「あの……でも、納得《なっとく》したんですか？」

「させないといけないね。ま、一晩隣で放《ほう》っておけば、つまらなくなって帰る気にもなるんじゃないかな」

「放っておくんですか？」

「子供じゃないんだし、一人でも問題はないだろう。幸い、飢《う》えない程度の食料もあることだしね」

確かに綾奈は郁海よりも遥《はる》かにたくましそうだ。あのバイタリティは郁海にはないもので、少しばかりの憧《あこが》れさえも抱いてしまう。

「……綾奈ちゃん……加賀見さんのこと好きなんですね」

「本気の恋愛《れんあい》感情じゃないよ。ブラザーコンプレックスに近いかな」

「ああ……それは、わかるような気がします」

ベタベタと接しながらも、綾奈の態度には媚《こ》びた色気はなかった。どきっとするほど女っぽいことだってあったのに、あくまで親しい身内に対する甘え方だったのだ。

落ち着いて考えればそれがよくわかる。

気持ちの動きは、どうやら顔に出ていたようだった。

「少し妬《や》いてくれたのかな？」

見透《みす》かすような加賀見の言い方と表情に、郁海は思わず視線を落とした。

「……少し、ですけど」

「それは嬉《うれ》しいね」

さらに引き寄せられて、耳にキスをされた。

びくんと身を竦《すく》めはしても、嫌《いや》だなんて思うわけもなく、耳朶《みみたぶ》を嚙《か》まれて舌でなぞられる感覚を、目を閉じて受け入れた。

ぞくぞくと快感が這《は》い上がってくる。

「んっ……」

ねっとりと舐《な》められているだけで、身体の中に熱が生まれ、急速に溜《た》まっていく気がした。もっと熱くして欲しいと、身体をすり寄せていってしまう。

ソファに身体が横たえられ、愛《いと》しい重みを感じながら郁海が陶然《とうぜん》としかけたそのときだった。加賀見の携帯電話がけたたましく鳴りだした。けっして普段《ふだん》はそう感じない音質とボリュームなのだが、こんなときには必要以上にうるさく感じる。

加賀見は携帯電話を手に取ると、そのままあっさりと電源を切った。

「いいんですか?」

「何があったわけじゃないだろうしね」

「でも……」

「ここでやめろというのは、酷《こく》じゃないか?」

笑《え》みを浮《う》かべた口元が近づいてきて、郁海の唇《くちびる》を塞《ふさ》いだ。

息をするように自然に唇を開いて、加賀見の愛撫《あいぶ》を招き入れる。絡《から》みつく柔《やわ》らかな感触《かんしょく》は、郁海にいつも現実を忘れさせた。

キスはとても好きだ。セックスをしているときよりも甘い気分になれて、とろりと酔《よ》うような心地《ここち》よさがある。

抱《だ》かれているときはもっと激しくて強い快感に翻弄《ほんろう》されてしまって、何が何だかわからなくなってしまうのだ。それはそれで加賀見に愛される証《あかし》として郁海を満たしてはくれるのだが、気持ちいいというレベルを超《こ》えていて、酔うとかうっとりとするという意味ではやはりキスがいい。

加賀見とだったら、こうやって唾液《だえき》が混じり合うような行為《こうい》も平気だ。他《ほか》の人だったら、とても耐《た》えきれないけれど。

「っぁ……」

服の中に入り込んだ手に感じる部分をいじられて、郁海は小さく声を上げた。

抱かれる快感は強くて腰《こし》が引けると思ったばかりだったのに、もっとして欲しいと思ってしまう自分がいる。

だが無粋《ぶすい》な訪問者は、またも甘い空気を打ち破った。

ピンポン、と呼《よ》び鈴《りん》が鳴る。

今度は加賀見が小さく舌打ちをした。

「まったく……」

「出たほうがいいんじゃ……」

「放っておけば諦《あきら》めるよ」

「でも、このままじゃ気になるし。それに、せっかく加賀見さんに会いに来たのに、ちょっとかわいそうな気もするから」

壁《かべ》を一枚隔《へだ》てた向こうに加賀見がいるとわかっているのに、一人でぽつんと慣れない部屋にいるのは少し気の毒だった。

「郁海……」

加賀見のついた溜め息の意味が、とっさには理解できなかった。

相変わらずひっきりなしに呼び鈴は鳴っていた。邪険《じゃけん》にされて、意地になっているのかもしれない。

「今日は綾奈ちゃんと一緒《いっしょ》にいてあげてください。僕はずっと加賀見さんといられるんだし、旅行だってあるし」

多少、無理をして、にこりと笑顔を作ってみせる。

加賀見にいてほしいという気持ちと、綾奈が気の毒だという気持ちはどちらも本物で、どんな選択《せんたく》をしようとすっきりとした気分にはなれそうもない。だったら、後ろめたさよりも寂《さび》しさのほうがマシだった。もしこのまま無視して行為を続けたとしても、郁海は気もそぞろになってしまうだろう。

加賀見はとても複雑そうな顔をして見つめてきたが、やがてふっと嘆息《たんそく》して郁海の身体《からだ》に回した腕《うで》を解いた。

「……そうしよう。うるさくてかなわないしね」

あっけなく離《はな》れていった腕を引き留めたいと思う心を抑《おさ》えつけて、郁海は加賀見を送り出した。

ぱたんとドアが閉まるのを見届けて、郁海は寝室《しんしつ》に入る。

すっと息を吸い、ゆっくりと吐《は》き出した。

「恋人《こいびと》、だろ」

だから姪《めい》を相手に妬いたり独占欲《どくせんよく》をむき出しにしたって仕方がないのだ。綾奈と郁海とでは、加賀見との関係がまったく違《ちが》う。綾奈はともかくとして、加賀見のほうに心配するような気持ちは一切《いっさい》ない。

たった一日くらい、どうということもないはずだ。

自分に繰《く》り返し言い聞かせた。

たった今、自分で行けと言っておきながら、もう寂しくなってしまった自分が情けない。

以前は一人で過ごすのが当然だった夜がそうでなくなって、何ヶ月かが過ぎていたが、それぞれの時間を比べたら圧倒的《あっとう》に一人の夜のほうが多いはずだった。だが気持ちはすっかりもう二人でいることに慣れてしまった。

まるで綾奈に加賀見を取られてしまったような気分だ。

勝手な言い分だった。

わかっている。もともと加賀見は自分一人のものじゃなくて、ちゃんと血の繋《つな》がった身内がいるのだ。郁海だってそうなのだから、そんな相手に妬くなんてことは、そもそも間違っていると思う。

なのに思うことはやめられなかった。

「……シャワー浴びて、勉強しようかな」

郁海はバスルームへ行って、熱い湯をかぶった。

中途半端《ちゅうとはんぱ》に欲望を煽《あお》られてしまった身体だったが、自分で慰《なぐさ》めようと思うほどの強い欲求もなくて、くすぶる火に気づかない振《ふ》りをするような曖昧《あいまい》な状態で部屋に戻《もど》った。

意識をよそに向けるために、連休中の宿題をすることにする。

鞄《かばん》の中から教科書とプリントを取り出そうとして、自分のものではないノートが紛《まぎ》れ込んでいることに気がついた。

「あれ……前島のだ」

そう言えば、書き取り忘れたことがあって見せてもらったのだった。そのまま返すのを忘れて鞄に入れてしまったわけだ。

郁海はすぐに携帯《けいたい》電話を手にした。とにかくまずは、前島に連絡《れんらく》を入れなくてはいけない。もしかしたら、これがなくて捜《さが》し回っているかもしれないし、宿題をやろうとして困っているかもしれないのだ。

登録してある番号にかけると、ややあって回線が繋がる。

『はいはーい、郁海？』

「あ、うん。ごめん、バイト中？」

『ちょうど休憩中《きゅうけいちゅう》。どした？』

「前島のグラマーのノート、返すの忘れちゃったんだ」

『あー……そっか。そうだったかも』

快活に笑う前島は、どうやら今の今までノートの存在など忘れていたようだった。もちろん宿題になんて手をつけていないに決まっている。

「どうやって返したらいい？　送ろうか？」

『うーん……いや、なくても特に困らないから、連休明けでいいよ。あさってから北海道なんだろ？』

「あ、うん……」

思わず言葉を濁《にご》してしまったのは、頭の隅《すみ》に綾奈のことがあったからだ。明日は加賀見が送って行くというが、もし一緒に飛行機に乗ることになった場合、本当にちゃんと日帰り出来るのだろうかと、一抹《いちまつ》の不安は拭《ぬぐ》い去れないでいた。

その気配を前島は敏感《びんかん》に察した。

『どうした？　何かあったのか？』

「あった……って言うか……」

『そういや、例の兄貴と会ったんだよな？　どうなった？』

問われるままに、郁海は今日の出来事を前島に話して聞かせた。自分の中にある、はっきりとしない感情を整理するためにも。

前島はときおり質問を挟《はさ》みながらも、最後までおとなしく聞いていた。

「それで明日、加賀見さんがその子を送ってくって言ってる」

『手の掛《か》かる女だなぁ……』

「頭は良さそうだよ。加賀見さんに対しては、ちょっとわがままかもしれないけど」

『ほんとに郁海は女全般《ぜんぱん》に対して寛容《かんよう》だよな』

感心しているのか、それとも呆《あき》れているのか、どちらとも取れるようなことを言われ、郁海は思わず考え込んだ。

加賀見にもよく似たようなことを言われる。郁海自身はそう思ったことはないのだが、傍《はた》から見ればそうなるらしい。

「別に男女で区別してるわけじゃないよ。何かあるとき、たまたま女の人が関《かか》わってたりすることが多いから……」

言いかけて、あることに気づいて黙《だま》り込んでしまった。

どうにも郁海に降りかかるトラブルには、女性がよく絡《から》んでいる。もしかして本当に女難の相でも出ているんじゃないかと不安になるくらいだった。

そこへ見透《みす》かしたように前島は言った。

『郁海は、女関係のトラブル多いよな。聞くところによると……だけど』

「……嫌《いや》なこと言うなってば」

『だってそうじゃん。しかも郁海は相手と個人的に何もないっていうのが気の毒って言うか、虚《むな》しいって言うか……』

「いいよ。笑えば」

『や、笑いごとじゃないじゃん。その兄貴ってのに、バレちまったんだろ？　んでそいつには、バックに何かついてるんだろ？』

「……そうみたい」

言い方はどうあれ、要するに前島の言った通りだ。綾奈のことはもちろんだが、孝典のこともかなり気になってしまう。

『ま、加賀見さんが大丈夫《だいじょうぶ》って言うなら、大丈夫じゃん？』

「うん」

『それにしても郁海の親父《おやじ》さんも、いろいろあるよなぁ……』

「ほんとだよ」

『あ、もしかしたらさ、郁海を自分のほうのトラブルに巻き込みたくなくて、ずっと隠《かく》してたのかもしれないな。そこまでいろいろあると、親父さんだって普段《ふだん》から警戒《けいかい》してるんだろうし、何たってジョイフルの社長だもんな』

何の気なしに告げられた言葉に、郁海は目を瞠《みは》った。

今までそんなことは考えてみたこともなかった。おそらく田中は保身と蓉子のために郁海を隠していたのだとは思うが、あるいはほんの何パーセントかでも、前島の言うような理由があったのかもしれない。

都合良く考えすぎかもしれないけれど。

『郁海？』

「あ……うん、もしかしたらそうかも……」

『個人的にはさ、その姪ってのに興味あるな。美人？』

「うん、かなり」

『ああ、でも明日には帰っちゃうんだっけな。惜《お》しいなー……せっかく俺、明日は昼間ヒマなんだけどさ。あっ、そろそろ行かなきゃだめだ。んじゃ、また何かあったら電話くれよな。いつでもいいし。バイト中は出られないけど』

「わかった。じゃあまた」

電話を切ってからも、すぐには勉強に取りかかれなかった。気持ちはつい隣《となり》の部屋に向かってしまって、どうにも集中出来そうもない。

思えば一人で眠《ねむ》る夜なんて久しぶりだった。

加賀見が隣に越《こ》してきてからほとんど初めてだ。

「荷造りでもしようかな……」

机に向かっていても進みそうにないから、さっさと予定を変更《へんこう》した。寝《ね》るにはまだ相当に早い。時間をもてあましている自分に気がついて、郁海は苦笑《くしょう》をこぼしてしまった。

加賀見といると、時間はいつも足りないくらいなのに。

ふっと息をついて、立ち上がる。新しい旅行バッグに着替《きが》えを詰《つ》めながら、とりあえず楽しいことだけを考えようと思った。

5

加賀見は綾奈を見下ろして、やれやれと溜め息《たいき》をついた。

ようやく静かになってくれた。さすがに眠ってしまえばおとなしくもなって、過度の干渉《かんしょう》もしないでいてくれる。

彼女はとにかく郁海のことを聞きたがった。

驚《おどろ》くほど鋭《するど》くこちらの関係を察した彼女は、加賀見の恋人《こいびと》に対して多大なる興味を抱《いだ》いたらしかった。

相変わらず好きだと口走るものの、以前より熱心さが薄《うす》くなってきたのは、分別がついてきたということなのだろう。それが証拠《しょうこ》に、郁海のことがわかったときも、比較的《ひかくてき》落ち着いていた。

少なくとも郁海に対する悪意はないようだ。何を考えているのかは計り知れないが、そこだけははっきりとしていると思う。

なかなか面白《おもしろ》い組み合わせになりそうだが、友達になるほどの時間は与《あた》えてやれない。明日は早めに連れ出してしまうつもりだった。

加賀見はそっと寝室《しんしつ》を離《はな》れ、明日の高知行きと帰りの便を調べて予約を入れた。念のために行きは二枚、帰りにもう一枚。最終は危険なので、もう少し早めの便にした。

今のところ、綾奈が起き出す気配はなかった。子供の頃《ころ》から一度眠るとなかなか起きない質《たち》だったが、ありがたいことに今でもそうらしい。

加賀見はキーと携帯《けいたい》を持って、自分の部屋を後にした。

隣の玄関《げんかん》を静かに開けて、物音のする寝室のドアをノックした。

「入っていいか？」

ばたばたと駆《か》け寄る音がして、内側から扉《とびら》が開いた。郁海は目を丸くして、問うように見つめ上げてきた。

「どうしたんですか？」

「綾奈が寝たんでね」

「でも……いいんですか？」

「あれは朝まで起きないよ」

おそらく、加賀見が朝になって戻《もど》って起こさなければ、いつまでも眠っているだろう。綾奈はそういうタイプだった。

それにしても、やたらと綾奈に気を遣《つか》うものだと思う。

他意がないのは知っていた。郁海はもともと人に対して、特に女性に対して寛容なだけで、特に同じ年の少女とあって遠慮《えんりょ》が働いているに過ぎない。高知からわざわざ一人で来たというのも、理由としては十分なのだろう。

しかしながら、こうも簡単に恋人との時間を譲《ゆず》られるのは複雑な心境だった。

大方、自分は毎日会えるからとか、あさってからは二人きりで旅行できるから……などと思っていたのだろうが、心情が手に取るようにわかるからといって、加賀見の気持ちが晴れるわけでもない。

もっと独占欲《どくせんよく》を見せて欲しいと願うのは贅沢《ぜいたく》なことなのか。

自問に対する答えは、おそらくイエスだ。ただのわがままだと自覚しているから、何も言えはしなかった。

「加賀見さん？」

どうやら欲望には限りがないらしい。愛《いと》しい存在が手に入り、何もかも満たされているはずなのに、もっともっと、と求めてしまう。

苦笑しながら加賀見は口を開いた。

「さっきの続きをしようか」

加賀見がその意図を見せると、郁海は黙って身を寄せてきた。シャンプーの匂《にお》いが、ふわりと鼻孔《びこう》をくすぐる。

「僕も……何だか収まらなくて……」

「それは良かった」

少し屈《かが》んでやると、郁海のほうからキスをしてきた。

唇《くちびる》を重ねて、パジャマの上から胸を指でいじる。親指の腹でつぶすようにして円を描《えが》くと、キスのせいもあってか、柔《やわ》らかな感触《かんしょく》が、指先に弾力《だんりょく》を返してくるほどしこってきた。

郁海の唇を自由にすると、熱を帯びた吐息《といき》がこぼれる。

掬《すく》うようにして抱き上げて、ベッドに運んだ。

クローゼットの前には新しい旅行バッグが置いてあり、何をしていたのかは聞くまでもなくわかった。

身に着けているものを脱《ぬ》がし、胸の突起《とっき》を指先で再びいじりながら、細く尖《とが》った顎《あご》の先や華奢《きゃしゃ》な首、そして薄い肩《かた》にキスを落とした。

「っぁ……ん……っ」

痕《あと》は付けないようにと、それだけは留意した。普段からそのつもりではいるが、あさってから旅行となればさらに気を付けねばならない。

指の間で小さな粒《つぶ》を転がせば、郁海はぴくりと肌《はだ》を震《ふる》わせる。何も知らなかった身体《からだ》は加賀見の指や舌を覚え、面白いようにいい反応《はんのう》をするようになった。

に思うとおりの色に染め上がっていく。

郁海の身体のことならば、郁海以上に知っていた。どこをどうすれば甘く鳴き、快楽にのたうつのか、すべてわかっている。

さらなる刺激《しげき》を待ちわびている胸の突起に唇を寄せた。吸い上げて、もう一方のそれを指先でいじると、郁海は喉《のど》をそらして小さく声を上げる。

郁海の身体は甘い。どこもかしこも甘く出来ていて、加賀見を酔《よ》わせて夢中にさせる。舌を絡《から》め、あるいは軽く歯を立てるたびに、くねるようにして身体が動き、感じていることを教えてくれた。

「……やっ、あぁ……」

すぐにでも貫《つらぬ》いてしまいたい気持ちと、もっともっとこうして甘い肌を味わいたいという気持ちが加賀見の中で混在している。

飢《う》えたように、いつでも郁海を欲しがる自分が意外であり、また一方で当然だとも納得《なっとく》していた。

郁海に溺《おぼ》れている。嫌《いや》と言うほどわかっていた。

強く吸い上げると、泣きそうな声で郁海が「いや」だと言った。それが意味通りに紡《つむ》がれていないことなど、確かめるまでもなく知っている。

反対側を口に含《ふく》んで、舌先が尖ったそこを転がした。今まで口で愛撫《あいぶ》していたほうを指の腹で軽くこすりあわせると、郁海はせつなげにピローを握《にぎ》りしめて、とろりとした快感の中に身を沈《しず》めた。

「ん……っ、気持ち……い……」

無意識の言葉に、加賀見は目を細めた。

快楽に素直《すなお》な身体だった。郁海は加賀見の愛撫の前では自分をごまかすことが出来ないし、とっくにそれを放棄《ほうき》してもいる。愛されることに躊躇《ためら》わないというよりも、そのすべを持っていないのだ。

そういう身体にしたのは加賀見自身で、だからこそさらにこの媚態《びたい》が愛しくてたまらない。淡《あわ》かった色づきが赤くなり、唾液《だえき》に濡《ぬ》れて扇情的《せんじょうてき》に誘《さそ》いかけてくる。幼さを残す容貌《ようぼう》と、少しずつ熟《う》れていく身体のアンバランスさがたまらない。

誰《だれ》に何を言われようとかまわなかった。郁海をこの腕《うで》に抱きしめたことを、加賀見は一度たりとも後悔《こうかい》していないのだから。

「ぁあ……や……んっ」

指先と口とで両方の胸を愛撫され、郁海はまるで自分からねだるようにして胸を突《つ》き出してきた。

「もっとか？」

「うん……」

愛撫に少しずつ蕩《とろ》けていく身体は媚薬《びやく》のようだった。

溺れているのはきっと郁海ではなく加賀見のほうだ。

敏感《びんかん》になってきたそこを指でこりこりと捏《こ》ねると、喉をさらしながら郁海はピローを強く握った。

「ン……ッ！」

胸を交互《こうご》に吸ってやりながら、指を触《ふ》れるか触れないかくらいのタッチで滑《すべ》らせていく。それにも肌はびくりと震えた。

郁海の中心は触れてもいないのにもう高ぶっている。

加賀見はゆっくりとその裏側を舌でなぞった。

「ぁああ……っ」

泣きそうな声を上げて、郁海は腰《こし》をよじる。

強すぎる快感を恐《おそ》れて本能的に逃《に》げる郁海を押さえつけ、加賀見は先端《せんたん》を舌先でそっと突く。

甘さの目立っていた喘《あえ》ぎが露骨《ろこつ》に濡れた色合いを濃《こ》くし、口に含んでゆっくりと扱《しご》いてやると、郁海は細い腰を捩《ねじ》り立ててあからさまな嬌声《きょうせい》を上げた。

ピローを握りしめる指の、その関節が白く浮《う》き上がる。

「やっ、あ……！　イッちゃ……あー……っ」

口の中で愛していたそれが弾《はじ》け、郁海の甘い声が尾《お》を引いた。

吐《は》き出されたものを嚥下《えんか》してゆっくりと口を離《はな》すと、力を失った身体はシーツに沈み込んで、加賀見の前にしどけない姿を晒《さら》していた。

色気のないはずの細い腕も、すんなりと伸《の》びた脚《あし》も、今は加賀見を誘ってやまない。

あどけなさを残す顔も官能の色に染まっていた。

上気した頬《ほお》に、潤《うる》んだ目元。どこか遠くを見ていたような瞳《ひとみ》が、思い出したように加賀見のほうを向いて、少し拗《す》ねたような表情になった。

「それ……やだって、言ってるのに……」

自分の出したものを飲まれるのが郁海は好きではないが、生理的に受け付けないとか、嫌悪《けんお》しているというわけでもないらしい。だから加賀見はいつも曖昧《あいまい》に流しておいて、同じことを繰《く》り返すのだ。

郁海の寛容《かんよう》さに付け込むように。

腿《もも》の内側に音を立ててキスをして、半分だけ本気の謝罪を示してやると、小さく開いた唇から、吐息とも溜《た》め息《いき》ともつかない息がこぼれた。

仰向《あおむ》けにしたまま身体を折って膝《ひざ》が胸につくほど腰を浮かせ、加賀見は露《あら》わにさせた最奥《さいおう》に濡れた舌でそっと触れた。

「っゃ……」

びくんと大きくわななき、郁海はきつく目を閉じる。

これにも郁海はなかなか慣れようとしない。嫌がっているわけではないものの、どうやら羞恥《しゅうち》がいつまでも強いようだった。

窄《つぼ》まったそこをほぐすように舐《な》め、吸い上げるようにキスをする。ゆっくりと潤《うるお》していくと、せつなげな吐息まじりの甘い声がこぼれて、加賀見を余計に煽《あお》り立てた。

唾液を送り込んで、尖らせた舌を差し入れた。

「ぁんっ……ん…ふ……っ」

最初はいつでも頑《かたく》ななそこが、やがては柔らかく綻《ほころ》ぶことは互《たが》いに知っている。

緩《ゆる》やかな快感に、郁海の精神は麻痺《まひ》したようになって、後ろを溶《と》かされるまま、可愛《かわい》らしく喘ぎ続けた。

ぴしゃりと鳴る湿《しめ》った音と、濡れそぼった最奥が、ひどく淫《みだ》らだ。びくりと震えるのに誘われるように、加賀見は指の腹を押し当てる。

抵抗《ていこう》を受けながら、一番長い指が中に入った。

「う……んっ……」

痛がっている様子はないが、郁海の眉《まゆ》はせつなげにひそめられた。

ゆっくりと根本まで指を入れ、またゆっくりと引き出していく。爪《つめ》の先近くまで出して、また押し込んだ。

リズムを作っていくと、郁海の腰は自然に揺《ゆ》れた。

身体はもう、すっかり加賀見とのセックスに慣れているのだ。ただ身体ほどは、気持ちが慣れていないのだった。

指を増やして、またぎりぎりまで沈めていく。指を動かす度《たび》に、嬌声と混じり合う淫猥《いんわい》な音が室内に響《ひび》いた。

「ぃやぁっ……」

指の間から差し入れた舌で内側から舐めてやると、郁海は悲鳴を上げて背を反らす。シーツに立てた爪が、その快楽の深さを加賀見に知らしめてくるようだった。

中で指を折って攻《せ》めると、華奢《きゃしゃ》な身体《からだ》が魚のように跳《は》ね上がる。

あまり強くは刺激《しげき》しないようにと心がけて、加賀見は撫《な》でるように、弱すぎる内側のポイントを触《さわ》った。

「ひぁ……っ、あ、ぁっ……！」

腰を捩り立てながら郁海はよがり泣く。すでに泣き声に近い声を上げて、びくびくと全身を震《ふる》わせた。

「そんなに……しちゃ、や……だっ……」

「どうしてほしい？」

加賀見の問いに、郁海の唇《くちびる》はかすかに動くが、そこは明確に声にはならずに別の声になってしまう。

「……っ見さ……い……んっ……！」

軽く口づけて言葉を促《うなが》すものの、後ろを犯《おか》す指は愛撫を止《や》めなかった。

「うん？」

「加賀……見さんに……」

はぁはぁと荒《あら》い息をつきながら、郁海はゆるりと目を上げて加賀見を見つめた。

潤んだ瞳が、たまらなく扇情的だ。あどけなさの残る顔が欲の色に染まりきって、加賀見に誘いかけてくる。

「して、欲し……」

ご褒美《ほうび》とばかりにキスをして、加賀見はゆっくりと指を引き抜《ぬ》いた。

「っは……」

「じゃあ、おいで」

加賀見は身に着けていたものを脱《ぬ》ぎ捨てて、ピローに上半身を預けると、郁海に身体を跨《また》がらせた。

問うような目が、愛《いと》おしかった。

意味はわかるはずだ。だからあえて何も言わなかったし、しなかった。

やがて郁海は躊躇いがちに、加賀見の上に腰を落としていく。

「あっ、あ……っ」

自らの体重で加賀見のものを飲み込んでいく様は、ぞくぞくするほど官能的で、とてもじゃないが目が離せない。

じりじりと、郁海の中に入っていくのがわかる。

本来は男を受け入れるものではないが、今は加賀見のために綻び、柔《やわ》らかく包み込んでくる。青くて堅《かた》かった実が、自分のためだけに甘く熟《う》れていこうとしているのは、この上もない喜びだった。

少しずつ身体が繋《つな》がり、尻《しり》の感触《かんしょく》が下腹に伝わったところで、動きが止まった。

郁海は大きく息を吐き出した。

「大丈夫《だいじょうぶ》か？」

思ったよりも声が掠《かす》れたことに、加賀見は内心で苦笑《くしょう》する。

これほど欲に染まった声になるなど思ってもいなかった。つまりはそうまで郁海に溺《おぼ》れているということだった。

郁海は小さく頷《うなず》いた。恥《は》ずかしさのためか、あるいはさんざん施《ほどこ》された愛撫《あいぶ》のためか、目元がうっすらと赤く染まっている。

「自分で動いてごらん」

途端《とたん》に戸惑《とまど》いの色が強くなった。自分から身体を繋ぐことより、動くことのほうが郁海にとっては難しいようだ。

加賀見は細い腰を摑《つか》んで、上へと導くように引いてやる。

「っぁ……っ！」

ずるりと引き出される感触が郁海に声を上げさせた。細い顎《あご》の先が突《つ》き出されるように、喉《のど》が反り返る。

それから下まで引き落とし、また持ち上げては下ろした。

リズムを教えてやれば、溺れやすい身体は自ら快感を追って動き出す。加賀見の胸に手を突いて、甘く鳴きながら腰《こし》を揺すった。

郁海のくれる快楽は深くて甘い。

これ以上のものを加賀見は知らなかった。

「あっ、ぁ……ン……！」

郁海は自らのいいところを擦《こす》りつけるようにして、快楽を貪《むさぼ》っている。乱れる幼い恋人《こいびと》を下から眺《なが》めることは、思っていた以上に加賀見を満足させた。

動きが速まり、郁海の声が切羽《せっぱ》詰《つ》まったものへと変化する。

「アッ——……！」

その瞬間《しゅんかん》は、はっきりとわかった。身体が繋がっているところできゅっと締《し》め付けられる快感を、加賀見は何とかやり過ごした。

ともすれば前のめりに倒《たお》れそうになる身体を支えて、加賀見はようやく上体を起こした。

薄《うす》い背中を抱《だ》いて、今度はゆっくりと郁海をベッドに横たえる。

イッたばかりの身体はひどく敏感《びんかん》だ。それがわかっているから、加賀見はツンと尖《とが》った乳首《ちくび》を舌先で軽く舐《な》め上げる。

「やぁっ……」

感じるたびに、郁海の甘い身体は加賀見にもたまらない快感を与《あた》えてくれた。強くすれば痛むほど過敏《かびん》なところだから、あくまで優《やさ》しく、舌で撫でるように刺激し、郁海の理性を奪《うば》い去った。

身をくねらせてよがりながら、喘《あえ》ぐ息に懇願《こんがん》が混じった。

「だ……めっ、そんなに……しな…で……」

「気持ちいいんだろう？」

ふっと息をかけるだけでも、郁海は小さく悲鳴を上げる。彼の身体はもう意思ではどうにもならないところにあり、加賀見の愛撫に従順に反応《はんのう》した。

神経が剝《む》き出しになったように、どこもかしこも敏感で、たとえば神経の通っていないはずの髪《かみ》にキスをしても甘い声を上げるんじゃないかと思わせるほどだった。

泣き出すまで胸をいじって、加賀見はようやく続きをした。

「やああぁっ……！」

繋がったままだった身体をゆっくりと引いていき、奥まで穿《うが》つ。最初はゆっくりとしたリズムでそれを繰《く》り返した。

綺麗《きれい》な目からこぼれだした快楽のための涙《なみだ》が、こめかみを伝って髪に吸い込まれていく。

加賀見の人並み以上にがっしりとした身体に揺《ゆ》さぶられ、翻弄《ほんろう》される郁海は、ひどくいたいけに見えた。

これをちらりとでも想像したからこそ、半分だけ血の繋がったあの男はあれほど怒《いか》りを露《あら》わにしたのだろう。

気持ちはわからないでもなかった。加賀見だって、彼の立場だったら、冗談《じょうだん》ではないと憤《いきどお》ったに違《ちが》いないから。

だからといって遠慮《えんりょ》してやる義理もない。

「あ、ぁんっ……加賀見さ…んっ……」

伸《の》ばされた手が縋《すが》るものを求めて、加賀見の首に絡《から》みついた。夢中になってしがみついてくる様に、たまらない愛おしさを覚える。

もっと強く、溺れさせてやりたくなる。

深く交わって、中を執拗《しつよう》にかき回した。

啜《すす》り泣く息の合間に、悲鳴に近い嬌声《きょうせい》がこぼれる。感じすぎて泣き出すことはそう珍《めずら》しくもなく、加賀見は宥《なだ》めるためのキスを額に落とした。

「も……だ、めっ……」

首にしがみついていた腕《うで》が背中に回り、しゃくり上げる息が直接触《ふ》れた。

細い身体は加賀見の腕の中にすっぽりと収まってしまい、小さく翻弄されるばかりのか弱い生き物みたいに見える。

だがそうじゃないことを加賀見は知っていた。

これは自分の足で立って歩いていける人間だ。すぐに大人になって、見た目からは想像も出来ないほどの許容の広さで加賀見を包んでくれることだろう。

「郁海……」

腰を掴んで揺さぶると綺麗に喉が晒《さら》される。

「や……っ、あ……あぁっ！」

誘《さそ》われるように、そこに軽く歯を立てた。

我を忘れた郁海に爪《つめ》を立てられたが、気にもならない。それよりもずっと、郁海の身体《からだ》の甘さのほうが強かった。

背中に回した手で薄い肩《かた》を掴み、引き寄せるようにしながら奥深く突き上げた。中に自分のものを注ぎ込むと、郁海は掠れた悲鳴と共に絶頂を迎《むか》え、加賀見の腕の中で痙攣《けいれん》するようにびくびく震《ふる》えた。

余韻《よいん》からすぐに抜け出せず、半ば失神したような状態になって、とろりと焦点《しょうてん》の合わない瞳《ひとみ》が宙を見つめている。

長いまつげが震え、濡《ぬ》れた瞳が加賀見を捉《とら》えたが、まだ意識は半分飛んでいるらしく、視線に意味はないようだった。

覆《おお》い被《かぶ》さるような形のまま、加賀見は郁海の髪を梳《す》く。長いまつげにぶら下がる涙の粒《つぶ》を指先で拭《ぬぐ》い、呼吸が落ち着くのを待った。

シーツの上に投げ出された手が重そうに持ち上がり、やがて加賀見の背中に回る。

郁海は吐《は》く息さえも甘かった。

嘘《うそ》みたいに気持ちが軽い。

一人で過ごさなきゃいけないと思っていたときはどんよりとした気分だったのに、加賀見が戻《もど》ってきてくれただけで、ふわふわと浮《う》き立つような幸福感を覚えている。

もちろん身体ごと愛されたせいもあるだろう。

加賀見が抱くのは自分だけだとわかっているから、たとえ苦しいくらいの快感に苛《さいな》まれて泣き出すことになっても、やはりそれは郁海にとって歓喜《かんき》すべきことなのだ。

髪を撫《な》でられて、うっとりと目を閉じる。

余韻はいまだに強く身体の中にあり、自分が溶《と》け出してなくなっていきそうな快感の名残《なごり》が、まだ表面にちかいところでくすぶっていた。

今ならばすぐにでもまた火がついてしまうだろう。絶頂と共にばらばらに散ったように思える快感の粒は、しかし簡単に拾い集めることが出来るのだ。キスの仕方も他人の肌《はだ》も、そして快感の追い方も、すべて加賀見に教えられた。

「やっ、動かな……で……」

ぞくりと指先まで甘い痺《しび》れが走る。

身体を離《はな》しかけた加賀見は、郁海が絽ることでその動きを止め、困ったような様子を見せながら郁海を見つめ下ろしてきた。

本当は困ってなんかいないくせに。

「そういうわけにも、いかないだろう?」

「だって……」

終わったら、加賀見は自分の部屋に戻ってしまうかもしれない。そう思ったら、離したくなった。

子供じみた独占欲《どくせんよく》だった。

「もっと?」

笑《え》みを含《ふく》んだ問い掛《か》けに、郁海は否定を返さなかった。

「朝までも……いい」

「そういうことを言うんじゃない」

「加賀見さんがあっちに行かないなら、いいんです……」

ぎゅっと背中に抱《だ》きつくと、やがて耳元で加賀見が笑う気配がした。息が掛かって、それだけでもぞくぞくと身体が震えた。

「つまり、私にいて欲しいという意味かな」

「だめですか……？」

「まさか、私がセックスのために戻ってきたと思ってるんじゃないだろうね」

軽く睨《にら》むような目をして見せながらも、すぐにそれは笑みに変わった。

「でも……」

「向こうで眠《ねむ》るつもりはなかったよ。姪《めい》といるより、恋人《こいびと》と眠ったほうがいいに決まってるだろう？」

言いながら唇《くちびる》に触れるだけのキスをされた。

加賀見の機嫌《きげん》が妙《みょう》にいい。今までもけっして悪くはなかったし、微妙《びみょう》な差ではあるのだが、ずっと一緒《いっしょ》にいるせいか郁海には違いがわかってしまう。

問うように見つめると、加賀見は口《くち》の端《はし》に笑みを乗せたまま唇を耳に近づけた。

「後に引けなくなった」

耳朶《みみたぶ》を愛撫《あいぶ》されて、郁海の意識しないところで身体が反応した。加賀見のものを飲み込んでいるところがきゅっと締《し》まって、中でそれが力を取り戻していく。

「っぁ、んっ……」

甘いばかりの快感が、刃物《はもの》みたいに鋭《するど》いものに変わっていくのは早かった。

浅く深く穿《うが》たれて、身体がまた快感の渦《うず》の中へと飲み込まれていった。

理性は瞬《また》く間《ま》に飲み込まれ、郁海は為《な》す術《すべ》もなく溺《おぼ》れて、泣きじゃくりながら淫《みだ》らな声を上げ続ける。

夢中で加賀見を呼んだ。

好きだと何度も繰《く》り返した。

加賀見が抱くのは、今はもう郁海だけなのだというその事実にたまらなく心を満たされ、狂《くる》おしいほどの熱に身体を満たされる。

「ああっ……あ、あ……！」

快楽の中で輪郭《りんかく》をなくしていく自分を感じながら、郁海は加賀見に強くしがみついた。

6

休日の朝が郁海は大好きだった。

眠っているのか起きているのか自分でもわからないほどの半覚醒《かくせい》状態で、ごろごろと何度も寝返《ねがえ》りを打つのが気持ちよくて仕方ない。

焼きたてのトーストに載《の》せたバターが溶けていくのを見るたびに、郁海は休日の朝の自分みたいだと思うのだ。

だが朝の心地《ここち》よいまどろみは、容赦《ようしゃ》のないインターホンの音に壊《こわ》された。

「……うー……」

郁海は頭までベッドに潜《もぐ》り込み、音を無視してそのまま眠ってしまおうとした。今日は何の予定もないのだ。今日中に旅行の用意をしてしまえばいいだけで、後は寝ていようが遊んでいようがまったく問題はない。

なのに、インターホンがうるさくてどうしようもない。おまけにしつこい。

(留守だってば!)

これだけ押してでなかったら諦《あきら》めろと心の中で叫《さけ》んだ。あまりにも眠くて、少しばかり郁海は気が立っていた。

音が鳴りやんだのは、それから間もなくのことだった。

思わず安堵《あんど》の息をついた。

だが妙に意識がはっきりとしてしまい、目を閉じても心地よいまどろみの中に戻ることは出来なかった。

「だるい……」

今度は溜《た》め息《いき》をつき、身体《からだ》を小さく丸めた。

昨晩の疲《つか》れは身体の中にしっかりと残っており、まだ芯《しん》のほうに残り火があるような気さえする。腰《こし》を中心にして、身体中が重かった。加賀見に抱かれた次の日は、たいていこんな具合なのだ。

だが嫌《きら》いな怠《だる》さじゃなかったし、今日の感じならば普通《ふつう》に動き回れるていどだろう。

「……あれ？」

そう言えば加賀見がいないと気がついて、次の瞬間《しゅんかん》に、部屋に戻ったのだと思い出した。まるで夢の中で話したように遠い感覚だったが、確かに向こうへ行くからと言われた気がした。

綾奈を連れて出るのは、昼前だと言っていたような気もする。

時計を見て、まだ九時前だったことを知った郁海は溜め息をつく。日曜のこんな時間から人の家のインターホンをしつこく鳴らさないでほしかった。

二度寝しようと心に決めた直後に、今度は呼《よ》び鈴《りん》が鳴った。

玄関《げんかん》まで来られるということは、ここの住人か、立ち入ることを許された関係者という意味だ。けれどもここに住んでこの夏で四年になるものの、一度も他《ほか》の住人からの訪問など受けたことはなかった。

そして加賀見ならば、スペアキーで入ってくるはずだ。

郁海は手を伸《の》ばしてベッドサイドの携帯《けいたい》電話を手にした。応対に出るつもりはなかった。それよりも、加賀見にこのことを知らせるほうが先だ。

完全に覚醒した頭でそう考えてボタンを押していると、玄関のほうで物音がした。

身構えてドアを見つめていると、その向こうから聞き慣れた声が聞こえてきた。

「郁海、起きているか?」

「あ……は、はい」

現れた加賀見は、郁海が携帯電話を手にしているのを見ると、状況《じようきよう》を把握《はあく》したのか軽く顎《あご》を引いた。

「君に客なんだ」

「え?」

「中野くんが、話があるそうでね。こっちを呼び出しても応答がないと言って、私のほうを押したんだよ」

ようやく合点がいって郁海は頷《うなず》いた。あのうるさいインターホンは孝典だったわけで、加賀見は仕方なくエントランスのロックを外したというわけだ。おそらく加賀見から、郁海が自分の部屋にいることを聞いて、改めて呼び鈴攻撃《こうげき》を始めたらしい。

どちらにしてもいい迷惑《めいわく》だ。相手が眠っているという可能性を、まったく考えないのだろうかと言いたくもなる。

郁海は大きな溜め息をついた。

加賀見の視線が背後にちらりと流れたところを見ると、玄関のところにでも孝典は立っているに違《ちが》いない。

「……話って、まさか昨日の続きじゃ……？」

「おそらくそうだろうね。外で待っていてもらっているんだが、どうする？」

「どうって、だって孝典さんにはバックがあるって言ってたじゃないですか。それでも入れちゃうんですか？」

「問題はないよ。彼自身に悪気はない。それに、事情も説明したいそうだ。ああ、ちなみに綾奈が参加希望なんだがね」

「はい？」

「どうやら中野くんが気に入らないらしい。綾奈に言わせると『うざい』そうだ」

話が見えなかった。しゃっきりとした頭になったつもりでいても、まだしぶとく眠りの淵《ふち》にしがみついていたのかもしれない。寝起きはけっして悪いほうじゃないと自負しているのだが、今日からその認識も書き換《か》えなければいけないのかと、頭の中でぐるぐると、どうでもよいことばかり考えた。

「でも、だからってどうして……？」

「突《つ》っかかりたいんだろうね。ま、いいんじゃないかと思うがね。引っかき回してくれれば、まともに話も出来やしないだろう？」

攪乱《かくらん》戦術というわけだ。仕掛《しか》けではなく、当人がやる気に満ちているというならば、郁海も異存はなかった。正直に言って、孝典の生真面目《きまじめ》さには確かに閉口してしまう。郁海もそうだと言われれば返す言葉はないのだが。

「リビングにお願いします。すぐに行きますから」

「わかった」

静かにドアが閉まると、郁海はベッドから抜《ぬ》け出して服を引っ張り出した。

堅《かた》いとか、スクエアだとか真面目だとか、その手の単語は今まで飽《あ》きるほどに言われ続けてきた。もともとはめを外さないタイプだったのが、田中に引き取られてから余計にひどくなったのだ。

自覚はあった。郁海は自分のことを、融通《ゆうずう》が利《き》かないと思っていたし、面白味《おもしろみ》のない人間だとも思っていた。

孝典を見ていると、否《いや》が応《おう》でも共通点を見つけてしまう。どうして田中のような男から自分のような子供が、と不思議に思っていたのだが、母親のほうの遺伝かもしれないと思えば納得できた。

人の目に自分がこう映っているかもしれないと思うと、どうして田中の血がもっと濃《こ》くなかったのかと、つい彼の性格を肯定《こうてい》したくなる。

「田中さんは、問題ありすぎだけど……」

もう少しいい案配でブレンドしてくれればよかったのに……なんて、またしょうがないことを考えた。

バカなことばかり頭に浮《う》かぶのは、きっと寝ぼけているせいだ。

郁海は自分をそう納得させ、手早く着替《きが》えを済ませて寝室《しんしつ》を出た。リビングから話し声がこぼれてきたが、まずは洗面所へ行って顔を洗った。

鏡でまぶたが腫《は》れていないことを確認して安堵し、首のあたりも確かめた。目立つ痕《あと》はついていなかった。

頷いてリビングへ行くと、昨日のメンバーに加えて、なぜかもう一人おまけがいた。

相原《あいはら》という、加賀見の友人だ。どうやら着替えたり顔を洗ったりしている間に、やって来たらしい。あるいは最初から隣《となり》にいて、加賀見が黙《だま》っていただけかもしれない。

「……おはようございます」

「おはよう、郁海くん」

にっこりと笑う顔は朝っぱらから爽《さわ》やかではあるが、彼が見た目通りのノーブルな男であるかといえばそれは否《いな》だ。優《やさ》しげな顔立ちで、世間一般《いっぱん》の基準で十分にハンサムで、いかにも品良く優しそうなのに、中身はとても下世話なのだった。もちろん親切ではあるし、悪い人でもないと思うのだが、得意な相手でもなかった。

加賀見と相原は同じビルの同じフロアに、隣《とな》り合って事務所を構えている。そのビルの持ち主は実は加賀見であることを郁海は先日知ったばかりだ。

二つの事務所は実は中で繋《つな》がっているという、信頼《しんらい》関係がなくては出来ないことをやっているくせに、普段《ふだん》の二人を見ている限りでは、ちっともそうは見えないという、不思議な関係なのだ。

「足元がふらついてるよ。ゆうべは加賀見にイケナイことされたの？」

「あ、相原さんっ！」

「声もちょっと掠《かす》れてる。いっぱい泣かされちゃった？」

にやにやと笑う顔が、いかにもこの状況を楽しんでいるのだと告げている。

恐《おそ》る恐る他の面子《メンツ》の顔を見やれば、綾奈は憮然《ぶぜん》としているし、孝典はこめかみあたりに青筋を立てているし、加賀見はいつもの涼《すず》しい顔で淹《い》れたてのコーヒーを飲んでいた。

爆発《ばくはつ》寸前の孝典が口を開こうとした矢先、綾奈が大げさに溜め息をついた。

「乙女《おとめ》の前で、そういうこと言う？」

「綾奈ちゃんだって、絶対やってたはずだーっ、て言ってたじゃないか。相原さんは悲しいよ。可愛《かわい》い綾奈ちゃんがそんなこと言うようになったなんてね」

相原は、綾奈に負けないくらいに大きな溜《た》め息《いき》をつく。まんざら演技でも冗談《じょうだん》でもないらしく、わずかにかぶりまで振《ふ》っていた。

「もう高校生だもん」

「生まれた頃《ころ》から知ってるんだよ。天使みたいに可愛かったのに」

「今は可愛くないみたいに言わないでよっ」

「もちろん今でも可愛いよ。というか、綺麗《きれい》になったね。いつまでも加賀見なんか理想にしてないで、うんと年上がいいなら僕にすればいいのに」

「相原さん、好みじゃないの。別に年なんてどうでもいいしっ。それに相原さんは綾奈のこと好きじゃないもん。最初っから子供扱《あつか》いで、恋愛《れんあい》対象になんてしてないよ。ちゃんとそういうのわかるから」

綾奈の反論に、相原は肩《かた》を竦《すく》めてみせるだけで何も言わなかった。おそらくは図星だったのだろう。

ずけずけとものは言うが、綾奈のほうも相原には好意があるようだ。こんなに短い間でもよくわかった。仲のいい親戚《しんせき》のような近さだった。

「昨日はすまなかった」

なおも話している二人を無視して、いきなり孝典が口を開いた。

「……いえ」

「きっと僕に対する不信感もあると思う。だから説明しに来たんだ」

そう前置いて孝典は話し始めた。

つい先日、ジョイフルの関係の者だと名乗る男から突然《とつぜん》の連絡《れんらく》があり、父親違いの弟について話したいことがあると言われた。慌《あわ》てた彼は実家の父親と話し、離婚《りこん》後に亡くなった母親が確かに出産したらしい、という話を聞いた。だが父親は詳細《しょうさい》を知らなかった。そこで母親の友人を辿《たど》っていろいろな話を聞きだしたのは、すでに聞いたことである。

そして電話を掛《か》けてきた男は孝典に直接会いに来た。そこで彼は、郁海の不遇《ふぐう》について語ったのだという。

「一人きりでマンションにいるって聞いて、田中氏の人間性を疑ったよ」

この点については何も言うことが出来なかった。かつて郁海も、幾度《いくど》となく不満に感じていたことだったのだ。今だって事情を知らない人が見れば、無責任な親だと思うことだろう。

「おまけに、弁護士とは名ばかりの胡散臭《うさんくさ》い男が、隣に住んで郁海くんを監視《かんし》してるって聞かされたんだ」

「そ……」

「そんなの嘘《うそ》！　でたらめじゃない」

綾奈が憮然として口を挟《はさ》んできて、郁海は言うべき言葉を失ってしまった。

だが孝典は聞こえないように、まっすぐに郁海を見つめたまま、少しも声のトーンを変えることなく続けた。

「だから昨日は、頭の中が真っ白になったよ」

「……孝典さんのところに来た男は、何が目的だったんですか？」

「会社のトップが、プライベートで非人道的な行為《こうい》をしている可能性があるから、それを止めたいって……」

慌てて郁海は首を横に振った。

それはあまりにも激しい誤解だ。曲解しているのか、それとも故意にそう思わせようとしているのかは知らないが、孝典に話をした相手というのは、どう考えても田中に対して敵意があるようだ。

「全然違《ちが》います……！」

「たぶんそうなんだろうね。田中氏のことは、どうやら違うらしい。でも……」

孝典の言いたいことは何となくわかってしまった。彼が今、一番引っかかっているのは田中のことではなく、加賀見のことなのだ。一瞬《いっしゅん》だけ向けられた視線からも、はっきりと伝わってくることだった。

「どうしようかと思ったんだけど、やっぱり言うよ。この人と恋愛してるなんて、僕はとてもじゃないけど賛成できない」

予想に限りなく近い言葉を彼は口にする。

これが当然の反応《はんのう》なのかもしれない。罵《ののし》って、幻滅《げんめつ》して、こんなやつは弟じゃないと目を向けられないだけマシだとも言えた。一緒《いっしょ》に年月を過ごすことも、ずっと会いたいと願い続けるようなこともなく、互《たが》いにここへきて急に異父兄弟の存在を知ったのだ。同性を相手に恋愛しているとと知って、孝典の中で郁海のことはなかったことにされても不思議ではなかったというのに、彼はそうしなかった。

暑苦しいほどの熱意は、むしろありがたいと思うべきかもしれないが、やるせない気持ちになるのも確かだった。

「道に外れてるよ。それに郁海くんはまだほんの十六歳で、いろんなことを錯覚《さっかく》しやすいんだと思う」

「違います」

反対されるのは今さらだ。田中だとて、本当は加賀見との恋愛を快くは思っていない。ただ彼は郁海の反乱を恐れて、加賀見に向かって皮肉を言うていどのことしかしないだけだった。今までにも、錯覚だの思い込みだのという言葉は何度も聞かされてきた。その上で出した結論が今なのだから、郁海には自信があった。

「口の上手《うま》い大人に騙《だま》されたって不思議じゃ……」

「ちょっと！」

センターテーブルを両手で叩《たた》いて綾奈は立ち上がった。叩いた拍子《ひょうし》にカップやスプーンがカチャンと音を立て、中の紅茶が一部こぼれたりしていたが、柳眉《りゅうび》を吊《つ》り上げている彼女はまったくそれらを気にしていなかった。

「何でそんなこと言えちゃうわけ？　いきなりポッと出てきたあんたに英志さんの何がわかるっての？」

真っ向から孝典を睨《にら》み据《す》える綾奈を、郁海は唖然《あぜん》として見つめつつも、心の中では拍手《はくしゅ》していた。

孝典は怯《ひる》んで少し上体を後ろへとやっているし、加賀見は表情を変えないまま浅く溜め息をつき、相原はにやにやと楽しげに観察していた。

綾奈はテーブルに膝《ひざ》を載《の》せかねない勢いで、なおも孝典に詰《つ》め寄った。

「もしかして、僕は郁海の兄貴なんだから郁海のことはよくわかってる……とか何とかバカな勘違《かんちが》いしてんじゃないよね？　血が繋がってるってだけで、二、三回しか会ってないのに相手のこと理解できるんだったら、綾奈なんか英志さんのこと何から何までわかってるよ！」

機関銃《きかんじゅう》のような勢いで綾奈は言葉を投げつける。なまじ綺麗な顔をしているから怒《おこ》ると迫力《はくりょく》があるし、よく口も回るので、こうなってくるともう誰《だれ》にも口は挟めない。

正しく言うと、二人ばかり挟める人物はいるのだが、一人は傍観《ぼうかん》を決め込み、もう一人は完全に面白《おもしろ》がっているので、まさに独壇場《どくだんじょう》なのである。

綾奈の剣幕《けんまく》はなかなか収まらなかった。加賀見のことを悪く言われて我慢《がまん》がならないのかもしれないが、もしかしたら八つ当たりかもしれないとも思う。加賀見が郁海のところで夜を過ごしたことは明白だから、放《ほう》っておかれたと知った綾奈の怒《いか》りが、当たりやすい孝典に向かっているのではないだろうか。

ありそうな話だ。あれが自分に向けられたらどうしようか、矛先《ほこさき》が向けられる前に帰ってくれないものだろうかと、郁海はつい時計を見やった。

機関銃は、ようやく連発銃ほどの勢いになってきた。

頃合《ころあ》いを見ていたのだろうか、加賀見は冷静に言った。

「綾奈、行儀《ぎょうぎ》が悪い」

「だって……」

ムッと口を尖《とが》らせながらも、綾奈はいつの間にか載せていた膝をテーブルから下ろした。

「ま、客観的に見て、中野くんの言い方はどうかと思うな。実直そうだし、郁海くんのことを考えているらしいのはわかるんだけど、ちょっと無神経じゃないかな」

優《やさ》しげな顔と口調でありながら、言っていることはこちらも容赦《ようしゃ》がなかった。ただし間違っていないのも事実だ。

孝典が黙《だま》り込んだのは、相原の指摘《してき》を否定出来ないからだろう。居直ったり、理不尽《りふじん》にキレたりする異常さは、幸いにしてないようだった。

その事実に郁海はほっとした。基本的に悪い人ではないのだから、出来れば誤解を解いて、ゆっくりとでも良好な関係を築きたいと郁海だって願っているのだ。

「君がそういう態度でぶつかってくる以上は、郁海くんも君に親しみなんて覚えないと思うんだ。だってそうでしょ。郁海くんが好意を抱《いだ》いてる相手を、君はろくに何も知らないくせに頭から否定してるんだからね。むしろ嫌《きら》われて当然だと思うけど？」

「僕はそんなつもりじゃ……」

「うん、わかるけど。でも思い込みで突《つ》っ走るやつは、ともすると鬱陶《うっとう》しいだけになりがちだし、自分が正しいって顔して上から押さえつけようとする人間は、一般《いっぱん》的にあんまり好かれないよ？」

郁海が遠慮《えんりょ》してなかなか言えないようなことを、二人が代わりに言ってくれた。もちろん郁海が思っていたよりも、二人のほうがずっと厳しい意見だったけれど。

おそらく加賀見が何も言わないのも、相原に任せてしまおうと決めたからだろう。確かに彼が言えば反発心ばかりが先に立つだろうから、このほうがいいに違いない。

綾奈と相原は、郁海と加賀見の代弁者なのだ。

「君と郁海くんは、今までずっと別々に暮らしてきたんだから、感覚一つ取ってみても違って当然なんだよ。自分の尺度で測って否定するのはやめたら？　君の気持ちはわかるんだけどどね。

こんなに可愛《かわい》くて華奢《きやしゃ》な弟が、こんなでっかい男にイケナイことされてるなんて、とんでもないって思うよね」

最後は変なことで理解を示して、相原は一人でうんうんと頷《うなず》いている。結局のところ、これが言いたかったのではないだろうか。孝典に向けた、至極《しごく》真っ当な説教だと思っていたのは、実は加賀見への皮肉だったのかもしれない。

孝典は項垂《うなだ》れて、それきり言葉を発しなくなった。

沈黙《ちんもく》が訪れそうな気配を察し、郁海は慌《あわ》てて話題を見繕《みつくろ》った。

「……そう言えばどうして相原さんまでいるんですか？」

疑問に思っていたことでもあったので口にしたのだが、結果的にはそれが緊張感《きんちょうかん》を殺《そ》ぐことになったようだ。

綾奈は元のようにすとんとソファに座り、相原は視線を郁海に向けた。

「綾奈ちゃんに会いにね」

「はぁ……」

「僕のお気に入りなんだよ。ああ、もちろん郁海くんも気に入ってるけど」

とってつけたような言い方だが、それはどうでも良かった。相原に気に入られても、あまりいいことはなさそうだ。

「会うのは……ああ、去年の夏休み以来だね」

加賀見が郁海の〈お目付役〉になる少し前のことらしいが、どうやら綾奈は夏休みの間、かなり長くこちらにいたらしい。聞けばそれは毎年のことだというから、その間に相原は何度か綾奈に会っていたのだろう。

「残念だなぁ。もっと時間があればデートしてもらうのに」

「また夏休みに来るから、そのときにしてあげてもいいよ。今日はもう帰らなきゃいけないみたいだしー」

露骨《ろこつ》に不満そうな視線を加賀見に送ってはいるが、どうやら帰ることは了承《りょうしょう》した雰囲気《ふんいき》である。昨晩、あるいは今朝、きっと苦労して説得したのだろう。

時計を見れば、そろそろ出発してもおかしくない時間になっていた。

「綾奈。向こうへ行って、帰り支度《じたく》をしていなさい」

加賀見は静かにそう告げて部屋のキーを手渡《てわた》したが、彼自身がその場から動く気配は見えなかった。

「私は中野くんと少し話があってね」

「ふーん……わかった」

綾奈がすんなりとリビングを出ていくと、今度は加賀見の視線が郁海に向けられる。何を言うわけでもなかったが、退席しろと告げているのはわかった。

おそらくこれから、孝典のバックにいる人物について聞き出そうというのだろう。どうやら郁海がいないほうがいいらしいが、これは孝典に対する配慮《はいりょ》かもしれないし、田中の事情をあまり知らせたくないせいかもしれない。

郁海はおとなしくリビングを出ていった。話していいことならば、後できっと加賀見が教えてくれるだろう。こちらから聞けば、たいていのことを話してくれるというのは、最近になってわかってきたことだ。

寝室《しんしつ》に戻《もど》ってぼんやりしていると、しばらくしてドアが小さくノックされた。

「どうぞー」

てっきり加賀見だと思って応じた郁海は、ドアを開けて現れた綾奈を見て目を丸くしたが、彼女はかまうことなく入ってきて、きょろきょろと室内を見回した。そして視線は、シーツの乱れたベッドで留まった。

何も言わなかったが、彼女が何を思っているのかは容易に想像がつく。

慌てて郁海は話しかけた。

「それで、どうしたの？」

「だって向こう、まだ深刻そうに話してるんだもん」

「あ、ああ……そっか。えっと、帰り支度は終わったんだ？」

綾奈は手に小振《こぶ》りで可愛いバッグを持っていた。このまま大きな荷物を持てば、すぐにでも帰れそうだった。

「もっとごねるかと思ってたよ」

「うん、そのつもり」

「え？」

と思う間もなく、綾奈に手首を摑《つか》まれた。女の子にこういうことをされるのは初めてで、いつもの手との違《ちが》いに、ただ純粋《じゅんすい》に驚《おどろ》いてしまった。

加賀見のものよりずっと小さくて柔《やわ》らかな手だった。当たり前のことだが、郁海の手よりも小さく、そして細い指先をしていた。

「遊びに行こ」

「は……？」

手元から視線を上げた郁海が見たのは、にっこりと笑いながらも逆らうことをけっして許さない綺麗《きれい》な顔だった。

7

少し前を行く綾奈は、まるでステップでも踏《ふ》むように、軽快な足取りで歩いていく。

人混みを縫《ぬ》ってすいすいと泳ぐ綾奈を、郁海は苦労して追いかけねばならなかった。

もともと郁海は人の多い場所が苦手だ。人いきれに酔《よ》う、ということもあるが、それは深刻なことではなく、むしろ上手《うま》く歩けないことのほうが重要だった。人とぶつからずに歩こうとすると足が遅《おそ》くなってしまい、歩調を速めようとすると、人を避《よ》けられないといった具合なのだ。

トロくさい、と友達は好意的に笑ったが、郁海の育った町はもっと人が少なかったから、これは単純に慣れだろうと思っている。

要するに、いまだに郁海は慣れていないのだ。それに今日は、身体《からだ》が怠《だる》くて仕方ないので、さらに拍車《はくしゃ》が掛《か》かっていた。

呼び止めるために大声を出さなければならないほど綾奈の背中が遠くなったとき、ふと綾奈が端《はし》に避けて、背後を振り返った。

見つめてくる視線が、言葉よりも雄弁《ゆうべん》に「遅い」と告げていた。

追いつくと、綾奈はやれやれと溜《た》め息《いき》をついた。

「そんなにトロそうには見えなかったんだけどなぁ」

「トロいわけじゃなくて、ちょっと人混みが苦手なだけだよ」

「ふーん。しょうがないな、手つないであげよっか？」

「い、いいってば」

恥《は》ずかしい、と口の中で続けて郁海は歩きだす。

郁海の携帯《けいたい》電話は取りあげられてしまい、今は綾奈のバッグの中で眠《ねむ》っている。電源さえも落とされてしまい、文字通り眠った状態なのだ。

時計を見て、郁海は溜め息をついた。

彼女が乗るはずだった飛行機は、すでに飛び立ってしまっていた。

「別にカップルだとは思われないと思うよ？」

「え？」

「綾奈と郁海くんが手つないでも、単なる仲良しだよ」

けらけらと笑いながら綾奈は隣《となり》に並んできて、先ほどよりは少し歩調を落として歩きだした。

今の言葉が本気なのか冗談《じょうだん》なのかは計りかねたが、確かめようとは思わなかった。さらに楽しくないことを言われそうな予感がしたからだ。

「ナンパだってされるし」

駅を出てからのそう長くもない間に、綾奈はもう四回も声を掛けられている。そのうち一回はスカウトで、残りはナンパだった。

やけに疲《つか》れを覚えるのは、その際の綾奈の態度によるところが大きかった。

断るのはわかる。当然だと郁海も思っている。だが、その断り方ときたら、わざわざ角を立てているとしか思えないような目つきと態度と口調なのだ。三回のうち一回は、あやうく相手が逆上しかけたほどだった。

幸いにして一緒《いっしょ》にいた相手の友達が冷静でいてくれたからことなきを得たが、あれではいつ騒《さわ》ぎに発展するかわかったものではなかった。

「ナンパはともかく、もうちょっとソフトに断ろうよ」

「だって本当のことだもん。頭悪そうな男嫌《きら》いだし、顔にピアスしてるのはパスだし、馴《な》れ馴れしいのも嫌い」

「だからって、あれじゃそのうち本当にまずいことになるよ？」

どこにスイッチがあるのかわからない連中が多いのだから、故意に空気を悪くしないほうがいいと、郁海は必死で訴《うった》えた。

だが納得《なっとく》している様子はなかった。

「郁海くんの分も綾奈が頑張《がんば》ってるんじゃない」

「僕の分て……」

「まさか、綾奈一人がナンパされてると思ってたの？　そんなわけないじゃん。普通《ふつう》、男の子と一緒にいたらナンパなんてしてこないでしょ？」

「弱そうって思われて、舐《な》められてるんだよ」

「そうやって自分に都合良く考えないで、現実見つめなよ。今日の服、ちょっとユニセックスだし、綾奈と一緒だとデートってより、やっぱりお友達同士だよ」

反論の言葉は見つからない。過去に女の子に思われたことがないと言ったら嘘《うそ》になるのだ。だからといって、頻繁《ひんぱん》に起きているわけでもなかったから、そう何度も間違えられるはずもないとも思っている。

そんな郁海に向かって、綾奈はさらに言った。

「綾奈が男だったら、やっぱり声掛けちゃうな。だって郁海くんておとなしそうだし、可愛《かわい》いし……ねぇ、いつもそんなにおとなしいの？　何で？」

「おとなしいっていうか、単についていけてないだけだけど」

「やっぱトロいんだ」

「そうじゃなくて、綾奈ちゃんのテンションに。それに、あんまり同じくらいの女の子と喋《しゃべ》り慣れてないから」

何を話したらいいのかわからない、というのは正直な思いだった。郁海と綾奈の共通の話題と言えば、加賀見のことくらいしか見あたらないのだが、かと言って自分から話題を持ち出すのは憚《はばか》られてしまう。

話が恋愛関係《れんあい》に波及《はきゅう》するのは間違いなく、そうなった場合は郁海が困窮《こんきゅう》するはめになるのが目に見えているからだ。

「ふーん……男子校だっけ？」

「あ、うん」

「学校でモテない？」

「だからどうしてすぐそういう話に……」

「あ、そうやってごまかそうとしてるとこがアヤシイ」

そう言いながら見せる笑顔《えがお》の質が、実は加賀見と同じであることに気がついた。顔はまったく似ていないのに、何だか不思議な気がする。

それにしてもわからないのは綾奈の態度だ。加賀見が好きだとあれだけ明言し、態度でもあからさまに表していたのに、郁海に対して敵意は見せないでいる。むしろ好意的だと感じるのは気のせいだろうか？

「あ、ちょっとお腹《なか》すいてきた」

「あ……うん」

朝から何も食べていないことを、そう言われて初めて思い出した。不測の事態に、今まで空腹すら忘れていたのだ。

自覚したら急に腹が減ってきた。

「どっか入ろうよ。綾奈はね、カフェみたいなとこでランチがいいな」

いいな、と言いながら郁海を見つめてくるのは、連れて行けという言外の要求だった。相手が拒否《きょひ》することなど小指の先ほども考えてはいないのだ。

「詳《くわ》しくないから、あんまり期待しないでよ」

そうは言ったものの、やはりせっかくの機会なのだし……とも思う。綾奈は雰囲気《ふんいき》重視らしいから歩いていれば見つかるだろうが、郁海は味を重視したいから、両立できるような店となると、これはもう人に聞くしかない。

「電話、ちょっと返して」

「何で？」

綾奈は警戒心《けいかいしん》を露《あら》わにして、探《さぐ》るようにじっと郁海を見つめる。

「友達に電話して、いいとこないか聞くから。何だったら綾奈ちゃんが操作していいよ。登録してある前島っていうんだけど」

「前島ね」

呟《つぶや》きながら綾奈は郁海の携帯電話を取りだして、電源を入れた。郁海に聞きながら操作をして、前島の名前が出たところでボタンを押して差し出してきた。

三回目のコールの途中《とちゅう》で、相手の声が聞こえてきた。

『はいはい、郁海？』

「うん。あのさ、いま渋谷《しぶや》にいるんだけど、どっかランチの美味《おい》しいカフェみたいなところ知らないかな」

郁海より遥《はる》かに行動範囲《はんい》が広く、そして出歩く機会の多い前島ならば、と思ったのだ。彼女とデートしたことだって何度となくあるはずだと踏《ふ》んだのだった。

『渋谷？　郁海が渋谷なんて珍《めずら》しいなー』

「うん、ちょっと付き合いっていうか」

『ああ……例の彼女？　そうねー、ちょっといい感じの、女の子が好きそうなとこで、しかもそこそこ美味《うま》いとこっていうと……』

前島は少し考えて、郁海たちがいる場所からそう遠くはない店の名前と場所を、念のために二つ教えてくれた。それを頭の中に書き留め、礼を言って電話を切る間、綾奈は片時も郁海から目を離《はな》さなかった。

郁海が携帯電話を綾奈に渡《わた》そうとすると、メールが着信した。おそらく、電源を入れたから今入っただけで、本当はもっと前から来ていたのだろう。

「メール、見るよ？」

「いいよ。どうせ英志さんか相原さんでしょ。内容も、見なくてもわかっちゃうけど」

「……当たり。相原さんだ。えーと……加賀見さんはすでに捜《さが》しに出たので、代わりに打ってますって」

「さっさと帰ってこいって？」

郁海はかぶりを振《ふ》って、液晶《えきしょう》画面を綾奈に見せた。

なんと相原は、〈逃避行《とうひこう》、個人的には応援中《おうえん》〉などと書いて寄越《よこ》したのだった。彼らしいと言えば、まったく彼らしい一文だ。

思わず溜《た》め息《いき》をついてしまったが、綾奈のほうはきらりと目を輝《かがや》かせている。

「そう来たかぁ。やるな、相原さん」

綾奈は郁海から携帯《けいたい》電話を受け取ると、電源を切ってバッグにしまった。

どうやら返信する気はないらしい。

「やっぱり、加賀見さんに言ったほうがいいんじゃないかな」

「平気、平気。それより行こ。どっち？」

道も知らないくせに綾奈は先へ立って歩いていこうとする。

振り回されていると、やけに冷静に自分のことを考えていた。郁海だけではなく、加賀見もそうだ。

小さな身体《からだ》のどこにこんなパワーがあるのかと思いながら、しげしげと綾奈を見つめていると、単にぼんやりしているとでも思ったのか、大人になりかけの少女が呆《あき》れたように大げさな溜め息をついた。

「眠《ねむ》いの？」

「違《ちが》うよ」

少しムッとして言葉を返しながら、郁海は人の流れに戻《もど》っていった。

綾奈が出遅《でおく》れたのはほんの一瞬《いっしゅん》のことで、すぐに追いついて郁海と肩《かた》を並べ、ひょいと顔を覗《のぞ》き込んできた。

「ゆうべ、何時に寝《ね》たの？」

「えっ……それは、ええと……」

とっさに上手《うま》く答えられないでいると、隣《となり》から意味ありげな溜め息が聞こえてきた。

「別にいいよ、わかってるし」

何を、と問い掛《か》けることはしなかった。思わず口にしようとしたが、寸前で思いとどまったのだ。この手の話は深く掘《ほ》り下げてほしくないし、そもそも加賀見に恋《こい》をしている少女と話すことでもない。

だが引く気はないのはむしろ綾奈のほうだった。

「やっぱりちょっとムカつく」

「あ、あの……」

「でもちょっと、なんだよね。自分でも不思議。だって、ずーっと英志さんのこと好きだったんだよ？」

おかしいなぁ、と小さく呟いて、綾奈は綺麗《きれい》に整えた眉《まゆ》をひそめた。

郁海が抱《いだ》いた疑問は、そのまま彼女の疑問でもあったらしい。まるで親しい友達のように接する自分に、きっと誰《だれ》よりも綾奈自身が戸惑《とまど》っているのだろう。

「英志さん取られちゃったのに、何であんまり腹立たないのかな。ほんとに好きだと思ってたんだけど……それって違ったのかな……」

呟きは自問だろうから、郁海は答えずに少しゆっくりと歩いた。

考え込んでいるせいなのか、ここへ来て初めて綾奈のテンションは下がっていた。おとなしくしていると、より完璧《かんぺき》な美少女といった風情《ふぜい》になって、振り返る人たちがかなりの確率でこちらを見ていった。

「どこ行くの？」

急に頭の横で声がすると同時に、視界の隅《すみ》で見知らぬ青年の顔を捉《とら》えた。ぎょっとしながらも、足は止めなかった。

もちろん律儀《りちぎ》に答えることもしない。

綾奈のほうにもぴったりと男が張り付いて、何やら馴《な》れ馴れしく話しかけていた。要するに両側から挟《はさ》まれるような形になっているのだ。

郁海は気が気ではなかった。これまでのパターンを考えて、穏便《おんびん》にこれをあしらう可能性はほとんどゼロに近い。

現に綾奈の目は、ひどく険しかった。そしてなまじ顔が綺麗なせいで、あからさまに相手を見下しているように見えてしまうのだ。

「うるさいなぁ。考えごとしてるんだから邪魔《じゃま》しないでよ！　ヘタクソなナンパって迷惑《めいわく》なんだけど」

「ちょ、ちょっと急ぐんでっ」

郁海は綾奈の手を引いて立ち去ろうとしたが、すでに手遅れだった。綾奈の目つきと言葉のきつさは、相手の導火線に火を点《つ》けるには十分だったようだ。

しかもその導火線は、呆れるほどに短かった。しかも、一人だけならばまだしも二人揃《そろ》ってだ。

「ふざけんなよ、てめっ……」

「あーっ、パトカー！」

郁海は車道を指差しながら叫《さけ》び、相手の意識を逸《そ》らすことに成功した。

嘘《うそ》ではなかった。駐車違反《ちゅうしゃいはん》の取り締《し》まりのためにだろうが、たまたまミニパトが通り掛かったのだ。

瞬間《しゅんかん》的に火の点いた怒《いか》りに冷水をかけたその隙《すき》に、郁海は柔《やわ》らかな手を摑《つか》んだまま走り出した。綾奈は逆らうことなく、同じ速さでついてくる。

おとなしく従っているところを見ると、彼女もあの場からは早々に立ち去りたかったようだ。

危機感によるものなのか、単に面倒《めんどう》だったのかは知らない。ただとにかく彼女が恐《おそ》ろしいほど無謀で向こう見ずなのは間違いなかった。付き合っていたら、そのうち大けがをしてしまいそうだ。

さっきの連中が追ってくる気配はなかったけれども、念のためにといくつか角を曲がり、息が切れるくらいには遠くへと走って逃《に》げた。

闇雲《やみくも》に走っているようでも、実はそうじゃない。現在地がわかるように、頭の中に地図を描《えが》き、目的地へすぐに行けるようにと道順をマークする。

手を繋《つな》いで駆《か》け抜《ぬ》けていく二人を、何ごとかと注視する者もいたが、無視してまた一つ角を曲がった。そこですぐに足を止め、角からそっと様子を窺《うかが》ってみたが、来た道に先ほどの青年たちの姿はなかった。見えるのは無関係な、大勢の人たちだ。若い女性の二人連れや楽しげなカップル、買い物に来ているらしい親子に主婦、休日にも拘《かか》わらずスーツ姿の男性もいるし、郁海たちと同じように慌《あわ》ただしく走る人の姿もある。

思わずほっと息をこぼし、そのまま大きく呼吸を繰《く》り返した。

綾奈も同じように息を整えていたが、やがて郁海の顔を見て笑《え》みを浮《う》かべた。

「どんくさいと思ってたら、けっこう足速いんだ？」

「……どうも」

「誉《ほ》めてるんだよ？　綾奈、中学のときは県大会の短距離《たんきょり》で二位だったんだから。今はやってないけどね」

109

悪気がないのはよくわかるのだが、女の子の足と比べられても嬉《うれ》しくないというのも本音だった。まして綾奈の記録は中学のときのものだ。

「とりあえず、店に入ろうよ。すぐそこなんだ」

郁海は綾奈を連れて、前島に教えてもらった店に入った。高校生でも入りやすい、それでいてそこそこ雰囲気《ふんいき》のいいところを選んでくれたようで、綾奈も満足そうに席についてメニューを見ていた。

嬉しそうにメニューを見つめる姿からは、喧嘩腰《けんかごし》の対応が想像できない。おとなしそう、というわけではないが、少なくともナンパしてきた相手を蹴散《けち》らすようには見えないだろう。

本当にこのままでは大変なことになるかもしれないと、郁海はこっそりと溜め息をつく。

「あのさ……食べ終わったら、帰ろ?」

「帰りたいの?」

あからさまに不満そうな顔だったが、郁海は負けじと言った。

「加賀見さんが心配してるよ」

「心配させたいの」

「え?」

「失恋《しつれん》したんだもん。それくらいしてやんなきゃ。郁海くんが一緒《いっしょ》だから、余計に心配してるよね」

そう言って綾奈はメニューに目を落とした。

どこまで本気なのかは、とても判断できるものじゃなかった。失恋の腹いせだとしたら、その原因になった郁海は、何をされるんだろうか。

聞くのは怖《こわ》いが、聞かないのはもっと怖い。

「あの……」

「決まった？」

「は……？」

「綾奈はクロワッサンサンドのセット、アイスティーのレモンね」

言いながら写真付きのメニューが閉じられる。どうやらオーダーは郁海がしなくてはいけないらしかった。

彼女のペースについていけないまま、郁海はそれでも何とか店の人を呼んで注文を済ませ、じっと見つめてくる綾奈と視線をあわせた。

やはり相変わらず、悪意は感じなかった。

間が保《も》たないのをごまかすようにしてコップを手に取ると、前置きもなくいきなり綾奈が言った。

「ねぇ、英志さんのどこが好き？」

あやうくコップを落とすところだった。もし水を口に含《ふく》んでいたら、間違いなく吹《ふ》き出していたか、気管に入れていたことだろう。

動揺《どうよう》したまま見つめ返すと、綾奈はさらに言った。

「顔？　性格？　全部っていうのはなしだよ？」

「それはないよ……」

思わず苦笑《くしょう》してしまう。そんなことを言うつもりはまったくなかった。加賀見のことは好きだけれども、好きじゃない部分だって当然あるのだ。あばたもえくぼ、なんて言葉は、少なくとも郁海には当てはまらなかった。

「その質問はちょっと難しいね」

「どうして？」

「上手《うま》く言えないから」

最初はどちらかと言えば気にくわなかった。それがどうしてこんなことになったのかは、郁海にだってわからない。意外に優《やさ》しかったというのはあるだろうが、何だかよくわからないうちに抱かれてしまい、それが強姦《ごうかん》にならなかった理由は説明できないのだ。出来たとしても、綾奈には言えなかったが……。

結局のところ、郁海は最初は反発しながらも、あの手のタイプには弱いのだろう。恋人《こいびと》の加賀見も、父親の田中も、そして友達の前島も、最初は絶対に相容《あいい》れない人間だと思ったものである。

それにしても、綾奈の真意が見えなかった。先に運ばれてきた飲み物に口を付けながら、郁海はさり気なく質問を口にする。

「綾奈ちゃんて……僕のこと、嫌《いや》じゃないんだ？」

「えー、どうして？」

「どうして、って……」

「あ、思い出した。それを考えようと思ってたのに邪魔されちゃったんだった。ね、一緒に考えようよ」

「は？」

郁海は唖然《あぜん》としながら綾奈を見つめた。

テンションだけではなく、思考のパターンにもついていけない。これほどまでに他人のペースに巻き込まれるのは初めてで、どう対処していいものかもわからなかった。そして不快ではないのが、自分でも不思議だった。

注文したランチが運ばれてくるのを確認しながら、郁海はこっそりと溜《た》め息《いき》をついた。


車の中には、ずっと会話らしい会話がなかった。

心配のあまり勝手についてきた男が、正直言って役に立つとは思えないが、だからといってそれを告げてやるほど悪意があるわけでもなく、加賀見は助手席の男がしきりに外を気にしている様を視界の隅《すみ》に捉《とら》えていた。

いまのところ、連絡《れんらく》はない。何度か郁海の携帯《けいたい》電話に連絡を入れてみたが、電源が切られているらしく一度も繋がらなかった。留守番電話のサービスセンターにメッセージを吹き込んでみたものの、連絡が来る確率は低いだろう。

綾奈の性格はよくわかっているつもりだったが、さすがに目を盗《ぬす》んで郁海を連れ出すとまでは思っていなかった。

そのこと自体に害はないだろうが、付随《ふずい》する問題はいろいろとある。

今頃《いまごろ》どうしているかと思うと、どうしても苦虫をかみ潰《つぶ》したような顔になってしまうのだった。

「……心当たり、あるんですか？」

あからさまに不審《ふしん》そうな声音《こわね》だった。おそらく孝典には、加賀見が闇雲に車を走らせているように感じているのだろう。

「無理に私と行動を共にすることはないと思うが？」

「そんなこと言ってません」

ムッとしたその言い方は、やけに郁海と似ていた。顔も声もまったく似ていないというのに、こういう言い方だけが一緒というのは面白《おもしろ》い。

「綾奈の行動パターンから考えて、渋谷だろう。あれはこっちに来ると、必ず一度は行くからね」

「今日は避《さ》けるんじゃないんですか？」

「あれは単に逃《に》げてるわけじゃない。摑《つか》まえてほしいんだ。だから、予想外のところへ行くとはないよ」

綾奈はわがままだし、けっして聞き分けがいいとも言えないが、度を越《こ》した真似《まね》はしないのだ。明日の旅行まで妨害《ぼうがい》するつもりはなく、半ば加賀見への意趣返《いしゅがえ》しのようなものだろう。もしこのまま見つけられなければ、そう遅《おそ》くならないうちに郁海を連れて自主的に戻《もど》ってくるはずだった。

だが待ってはいられない。あの性格を、あんな繁華街《はんかがい》で野放しにはしておけなかった。

「でも、もし郁海に何かしたらっ」

「その心配もない。綾奈はおそらく郁海くんを気に入っているよ。嫌な相手なら、わざわざ一緒にいようとはしない。あれはそういう子だ」

「それじゃどうして慌《あわ》てて捜《さが》してるんです？」

「綾奈が騒《さわ》ぎを起こす可能性があるんだよ。口が悪い上に、ことを穏便《おんびん》に済ませようという気がないらしくてね。絡《から》まれたり、声を掛《か》けられたりしたら、その相手に何か言って逆上させるかねない」

郁海がブレーキになってくれれば良いが、それは期待できそうもない。綾奈のあの勢いに郁海が追いつけるとは思えないからだ。

「それじゃ、郁海まで危ないじゃないか……！」

「だから捜しているんだ。一人でいるよりは、まだ郁海がいてくれたほうが安心だがね。郁海はああ見えてフェミニストでね。途中《とちゅう》で綾奈を放《ほう》りだして帰ることは絶対にしない。綾奈も悪意はないんだ。周囲とのトラブルさえ考えなければ、私も放っておくよ。あの二人はいい友人になれる」

一見して頼《たよ》りなさそうだが、郁海はかなりしっかりしているし、とっさの判断力もけっして悪くはない。後先を考えずに行動する綾奈が一人で歩いているよりは、ましな状況《じょうきょう》だと言えた。

だが郁海に会ったばかりの異父兄はとてもそうは考えられないようだった。彼には、庇護《ひご》の必要な小さな子供に見えているのかもしれない。

「あんた、郁海が心配じゃないんですか」

「心配じゃないように見えるのか？」

「どっちかっていうと、姪《めい》の心配をしているように見えますけど」

「二人とも心配なんだよ」

片や恋人で、片や姪である。片方の心配だけしろというほうが無茶だろう。

「それに、郁海のことは信頼《しんらい》している」

「信頼？」

怪訝《けげん》そうな顔をして、孝典は鸚鵡《おうむ》返《がえ》しに言った。

「そう、郁海は君が思っているほど頼りなくはない、ということだ」

おまけに場数も踏《ふ》んでいるのだ。誘拐《ゆうかい》されたこともあるとは、さすがに言えなかったが、そこいらの高校生と違《ちが》い、非常事態には慣れているはずだった。

孝典は何も言わずに前を見ていた。まるで加賀見の言葉をゆっくりと咀嚼《そしゃく》し、飲み込んで理解しようと努めているように。

やがて唐突《とうとつ》に彼は口を開いた。

「あんたは、郁海のこと本気なんですか？」

「いきなりだね」

脈絡《みゃくらく》のない質問に思えるが、孝典の中ではきちんとした法則があるに違いなかった。

「信頼なのか、単に薄情《はくじょう》なのか、僕には判断出来ないからな」

「なるほど。まぁ、どう判断してもらってもかまわないよ。君がどう出ようと私には関係ない。君が郁海にとって良い兄になってくれるのであれば歓迎《かんげい》するがね。口にはしないが、あの子は肉親を欲《ほっ》しているんだよ」

たぶんそれを一番知っているのは常にそばで郁海を見ている加賀見だろう。

唯一《ゆいいつ》の肉親であった田中に対し、郁海は一見して冷たい態度を取ってはいるが、あれも多分に照れ隠しだ。それをわかっていて、おとなしく付き合っている田中は甘いと言うべきか、酔狂《すいきょう》と言うべきか、とにかく溺愛《できあい》には違いなく、あれはあれで微笑《ほほえ》ましい親子だった。

「時間は掛かるがね。田中氏との親子関係よりは早いかもしれないが」

「加賀見……さん」

「君次第《しだい》だ。それこそ郁海の信頼というやつだよ。君が本気で郁海のことを心配しているのはわかるが、バックがあったら純粋《じゅんすい》なものだと思えなくなっても仕方ないだろう。それに、君のバックにいる人間は思い違いをしている。田中氏の基盤《きばん》はそんなに脆《もろ》いものではないし、あの人は滑稽《こっけい》なくらいに郁海を可愛《かわい》がっているよ」

いっそ見せてやりたいくらいだが、それもまたささやかな問題を含《ふく》んでいる。郁海の前にいるときの田中の姿は、大企業《だいきぎょう》のトップとしての威厳《いげん》など欠片《かけら》もないからだった。もっとも立場が揺《ゆ》らぐような質の弱みではなく、むしろ人間味あふれる態度がプラスに作用する可能性だってある。

こちらに損はないのだ。

隣《となり》から、ふっと溜め息が聞こえてきた。

「昨日、言ってやりました。帰ってすぐに、待っていたように電話があったんですよ」

「それで？」

「田中氏との親子関係は良好らしいって、言っておきました。僕は嘘《うそ》は言いたくないですから。でも、郁海くんとあんたのことは言わなかった。あんたや田中のためじゃなくて、郁海くんのためにだけど」

「だろうね。で、それを私に話してくれたということは、もっと詳《くわ》しい話をしてくれると思っていいんだろうか？」

やんわりと切り込んでいくと、孝典は黙《だま》り込み、信号を軽く五つほど抜《ぬ》けた頃《ころ》になってもう一度浅く息を吐《つ》いた。

「僕は詳しくは知らないんですよ。ただ資料を渡《わた》されて、詳しい事情を確認してみてくれと言われただけで……。もらった資料を見る限りでは、とても郁海くんが大事にされているとは思えなかった」

確かに、そうだろうと思う。数ヶ月前まで郁海が田中の愛情を受けていなかったのは事実なのだ。

「君に接触《せっしょく》してきたのは何者だ？」

「興信所の人です。依頼《いらい》主は教えられないって言われましたけど……たぶん、奥さんじゃないかな。そんなニュアンスでした」

「そうか……」

相槌《あいづち》を打ちながらも、それはないだろうと内心で呟《つぶや》く。今さら彼女が何かしてくるとは思えないし、もし本当に彼女ならば、匂《にお》わせるようなことを興信所の人間が口にするはずもない。おそらく本来の依頼人から目を逸《そ》らさせようという魂胆《こんたん》だ。

「あ、一応これ、興信所の人の連絡先《れんらく》」

差し出された名刺《めいし》をとりあえず受け取る。ここまでわかっていれば時間の問題だ。孝典の協力がなくても遠からず辿《たど》り着けただろうが、早いに越《こ》したことはない。

ちょうど渋滞《じゅうたい》に摑まったのを機会に加賀見は携帯《けいたい》電話を操作した。登録してある中から選んだのは新しい郁海の友人だ。

本当ならば加賀見が番号を登録する必要もない相手なのだが、前島ほど使えれば話は別だ。郁海が絡んでいなくても、場合によっては個人的に連絡を取ることもあるだろう相手だった。

『はい、もしもし？』

「休みのところをすまないな」

『どうしたんすか？　あ、さっき郁海からも電話がありましたけど』

「いつだ？」

『いや、ほんとに五分くらい前。加賀見さんの姪っ子ちゃんと一緒《いっしょ》みたいでしたよ。で、いい感じのカフェがないかって聞かれて。俺もこっそり行こうかと思ったんですけどね、今から用意してたらメシも終わっちゃいそうだし、携帯は繋《つな》がんないしで、諦《あきら》めたとこです』

状況は手に取るように見えていた。綾奈がリクエストでも出したのだろうが、郁海には応《こた》えるだけのキャパがなかったわけだ。

『あ、教えた店、言いましょうか？』

前島はさすがに察しがよかった。こちらが何も言わなくても求めていた情報がすらすらと出てくるのは気持ちがいい。

「頼《たの》む」

店の名前と場所を二つ教えてもらい、頭の中に書き込んだ。ようやく車は渋滞から抜けつつあった。

「何かわかったんですか？」

「おそらくね。今のは郁海の友人なんだが、五分ほど前に郁海から電話があったそうだ。君も一度会ったことがあるはずだが、覚えているか？」

「ええ、まぁ……」

孝典の印象としては、あまり良くないようだった。郁海との対話を冷静に仕切ったこともあるだろうし、性格的な問題もあるのかもしれない。

どちらにしても加賀見にとっては笑える話だった。

生真面目《きまじめ》とも融通《ゆうずう》が利《き》かないとも言える性格は、郁海にも多分にあり、加賀見や前島のようなタイプに最初は馴染《なじ》めないのも共通している。

「それで、郁海くんは何て？」

「渋谷でランチの出来る店を聞いてきたそうだ。今からそこへ行く」

わざわざ聞いたからには、二つの店のうちどちらかには行くだろう。郁海の性格ならば、間違いなくそうするはずだ。仮に混んでいたとしても、待ってでも店に入り、次に会ったときに前島に礼と感想を律儀《りちぎ》に言うに違いなかった。

ただし綾奈が加わると、絶対ではなくなる。あれは待てる性格ではないからだ。

とにかく急がなくてはいけない。まずい事態を引き起こす前に、あのじゃじゃ馬を連れ戻《もど》さなければ。

加賀見は車の多さに舌打ちをしながら、指先でハンドルを叩《たた》いた。

8

「ふぅん……郁海くんのお父さんて、面白《おもしろ》い人だね」

そう言ってストローに口をつける綾奈を見つめ、郁海はしばらく黙り込んだ。

根ほり葉ほり田中のことを尋《たず》ね、ひどく楽しそうに聞いていた末に、満足したのか呟いた言葉がそれだった。

だが郁海はわずかに眉《まゆ》を寄せる。

田中のことを面白い人と思ったことなどなかった。変な人だとか、子供っぽい人だとか思ったことはあったが、少なくとも郁海にとって面白い人物ではない。

返事のしようもなく、視線を店内へと漂《ただよ》わせる。店の中は女性同士やカップルで埋《う》め尽《つ》くされていて、それぞれが自分たちの話に夢中になっていた。片隅《かたすみ》で向かい合っている高校生たちを気にする者はいなかった。

「目の中に入れても痛くないいんじゃない？」

「そういうんじゃないと思うけど……」

愛情を向けられていることを疑うつもりはないが、綾奈が言うほどの溺愛ではないと思っている。それに今は、父性愛を自覚したばかりで盛り上がっているところだろうから、もう少ししたらテンションも下がるものとかまえていた。

「もうすぐだね」

「え？」

「旅行から帰ったら、お父さん、て呼んであげるんだよね？」

「……田中さんが、ちゃんと約束守ったらね」

言いながら、破ることはないだろうと思った。二ヶ月と三週間も我慢《がまん》して、あと一週間ほどというときに下手な真似《まね》をするとは考えにくい。問題はむしろ、郁海が自分の約束を果たした後だろう。郁海をマンションに送ったその足で女性のところへ向かうことも十分にありうるわけだ。

「一瞬《いっしゅん》だろうけど」

「えー、それじゃお父さんがまた浮気《うわき》したら、『田中さん』に戻しちゃうの？」

「戻す……と思う」

本当は迷いが生じているのだが、とりあえずはそう言った。

「何か可哀相《かわいそう》」

「だって結婚《けっこん》してから……じゃなくて、結婚する前からずっと、奥さん以外の人と付き合い続けてたんだよ。しかも一人とは限らなくて、すぐ飽《あ》きて変えちゃったりして。そういうのよくないよ」

男として最低ではないかと郁海は考えている。なのに、あの男はひどくモテるのだ。顔や財力もあるだろうが、それを抜《ぬ》きにしても、何らかの魅力《みりょく》を持っていて女性を引きつけてしまうらしい。

郁海にはあまりよくわからなかった。

「綾奈はちょっといいなって思うよ。会ってみたいなぁ」

「……どうして？」

「きっと綾奈の好きなタイプだと思うんだ」

他意はなさそうなのに鋭《するど》いところを突《つ》いてくるものだと思う。確かに本人たちも言っているように、加賀見と田中はカテゴリーが一緒なのだ。

「……そうかもしれない。ついでに言うと、ここを教えてくれた友達もだよ」

「あ、やっぱり？」

意を得たように綾奈はにこりと笑う。

「郁海くんの友達、けっこう使えるなって思ってたんだ。ここ、美味《おい》しいし雰囲気《ふんいき》いいし。ほんとはね、期待してなかったの」

「何で……？」

「だって郁海くんて、いかにも遊び慣れてなさそうなんだもん。その友達だったら、同じかなって思ってた。ほら、あのお兄さんみたいな」

頭の中にぱっと孝典の顔が浮《う》かんだ。確かにあのタイプだったら、この手の洒落《しやれ》た店は紹介《しようかい》してもらえなかったことだろう。

「郁海くんて、実は自分と逆のタイプが好き？　それとも、ファザコン？」

「違《ちが》う」

前半部分はともかくとして、後半には過剰《かじよう》に反応してしまう。加賀見にもやはり同じようなことを言われ、今度はその姪《めい》に言われてしまった。

どうにも納得《なつとく》が出来なくて郁海は不満を顔中で表した。

「でも、お父さんのこと話してくれてたとき、けっこう楽しそうだったよ？」

「そんなこと……」

「あるの。無意識なんだ？　お父さん大好き光線出してたけどなぁ」

「ち、違っ……」

思わず首を横に振《ふ》ってはみたものの、綾奈はまったく意に介《かい》したふうもなく、一人で納得していた。

そんなはずはないと思いながらも、強く否定できない自分に気づいているのも確かで、郁海は落ち着かなく視線を漂わせる。

「条件なんか出さないで、普通《ふつう》に呼んであげればいいのに」

「そういうの、何か今さらだし」

「小さいことに拘《こだわ》るね」

　さらりと告げられた言葉が、思いのほか胸に突き刺《さ》さる。

　言った本人はグラスの下のほうへ沈《しず》んでしまったレモンを、ストローの先で拾い上げるのに必死になっていて、郁海の困惑《こんわく》など気にもしていない。

　やがて果肉の部分がぼろぼろになったレモンを拾い上げた綾奈は、何かを思いついたように目を輝《かがや》かせて郁海の顔を見つめた。

「ねぇ、お父さんとこ、一緒《いっしょ》に行こっか」

「は？」

　突然の申し出に面食《めんく》らってしまい、次の言葉が出てこなかった。さらりと告げられたそれは、郁海を戸惑《とまど》わせるには十分だった。

「一つわかったことがあるんだ。綾奈ね、郁海くんのこと気に入っちゃった」

「……どうも」

「だからそんなに腹立たないのかもしれない。それによく考えたらね、女に取られるよりいいんじゃないかなって」

　言いながら綾奈は大きく頷《うなず》いた。

　幸い隣《となり》のテーブルの客はついさっき帰ったところで、今のところ新たに客が入ってくる様子もない。

「だってどんなに頑張《がんば》ったって、綾奈は英志さんと結婚できないんだもん。一生懸命《いっしょうけんめい》いい女になったって無駄《むだ》なのに、それ以下の女に取られたら悔《くや》しいし」

「以下とは限らないんじゃ……」

「以上だったら、もっと悔しいし」

郁海は唖然《あぜん》として生返事をした。綾奈の思考パターンというものは、やはり郁海には理解できないものだった。

だが面白いと感じているのも確かだ。

「男だったら負けたって感じもしないもんね」

綾奈の出した結論はよくわからなかったが、本人がそれで納得しているのならば、郁海が口出しすることでもない。

ひとまず良かった、と密《ひそ》かに息を漏《も》らしていると、綾奈は「だから」と前置いて、空になったグラスを脇《わき》へやった。

「これから一緒に、お父さんとこ行こうよ」

「何で？」

「新しい友達を親に紹介するっていうか、まぁそんな感じ」

「……紹介なんてしたことないよ」

「男なら、いいの？」

「え、さっきの友達も？　じゃ、ちょうどいいから呼んじゃえば」

バッグの中から取りだした郁海の携帯《けいたい》電話が差し出される。わかっていたことだが、完全に綾奈のペースだった。

「……店、出たらね」

「うん。郁海くんのお父さんとこ行ったら、おとなしく帰るから。今日の最終便に間に合うかどうかはわかんないけど」

携帯電話を受け取り、電源を入れて時間を確かめた。これから田中のところへ行ったとしたら、最終便はかなり厳しいだろう。そもそも田中が摑《つか》まるかどうかもわからないのだ。

「そろそろ、出よう」

郁海が腰《こし》を上げると、綾奈もおとなしく立ち上がった。

この場で電話を掛《か》ける気にはならないので、ひとまず会計を済ませて外へ出ようと思った。

「はい」

綾奈は当然のように郁海に伝票を渡《わた》し、レジの前まで来ても財布《さいふ》を出そうという気配を見せなかった。

（これって……）

ちらりと綾奈の顔を見るが、きょとんとして見つめてくるばかりで、その様はとてもナチュラルだった。

「うん、ごちそうさま。こんな可愛《かわい》くても、やっぱ男の子だね」

「……僕が出すね」

悪びれた様子は微塵《みじん》もなかった。

おそらく彼女にとって、支払《しはら》いは一緒にいる男が出すもの……なのだ。何の疑いもなく、それが当然なのだろう。これだけ綺麗《きれい》だったら周囲がちやほやして当然で、彼女の代わりにレジに立つ男が引きも切らないに違いない。

そしてとりあえず、郁海のこともちゃんと男だと認識しているようである。

払いを済ませて外へ出ると、綾奈はご馳走様《ちそうさま》と言って携帯電話を示すジェスチャーをして見せた。

とにかくまずは田中に電話だ。人前で田中と話すのはあまり好きではないのだが、綾奈から目を離《はな》したくなかったのでその場でボタンを押した。

出なければいいと、密かに考えた。

だがこういうときに限って、相手は簡単に摑まってしまうものらしい。

『郁海か？』

恥《は》ずかしいほど優《やさ》しい声がした。実際に会ったときでもこんな声は出さないし、第三者がいるときはもっと淡々《たんたん》と話すのだから、思わず郁海が言葉に詰《つ》まってしまったのも仕方がないというものだ。

『どうかしたのか？』

「あの……今日は、どこか出かけてますか？」

『いや、家にいるよ。ああ、私が約束を破っていないか確認をしようと思ったのかい？』

「そういうわけじゃないんですけど……」

用件を言おうとした途端《とたん》に、舌がもつれたようになって上手《うま》く動かなくなった。たった一言で済むのに、どうしてこんなに難しいのだろう？

ちらりと綾奈を見ると、ひどくもどかしげに、今にでも電話を奪《うば》って用件を言ってしまいそうな顔をしていた。

さすがにそれでは恰好《かっこう》がつかないと思い、郁海は思いきって言った。

「あの、友達を紹介《しょうかい》したいんですけど、今からどこかで会えませんか」

『友達……？』

ひどく意外そうな声音《こわね》のすぐ後で、田中が笑ったのが気配でわかった。一人なのか、近くに誰《だれ》かいるのかは知らないが、電話の向こうで彼は郁海以外には滅多《めった》に見せない笑顔《えがお》を浮《う》かべていることだろう。

何だか気恥ずかしくなってきた。

『それは珍《めずら》しいね。だが、嬉《うれ》しいよ』

素直《すなお》に出られるとますます対処に困る。

もっとも田中は普段《ふだん》から意地を張るわけでもないし、ひねくれているわけでもない。むしろ控《ひか》えろと思うくらいに正直なときさえあった。

『今は外かな？』

「はい。あの、どこへ行ったら……」

『それじゃタクシーを拾って、家まで来なさい。場所はわかっているね？』

「えっ、でも……」

『ちょうどいい機会だよ。気を付けておいで』

田中は上機嫌《じようきげん》のまま、ほぼ一方的に通話を終わらせた。郁海に口を挟《はさ》ませないようにしていたのかもしれない。

思わぬことになってしまった。

郁海は携帯電話を握《にぎ》りしめたまま、茫然《ぼうぜん》と突《つ》っ立っていた。

「どうしてフリーズしてんの？」

「あ……うん」

「うんじゃなくて、どうかしたの？」

「……家に来いって。一度も行ったことないのに……」

前から言われていたし、いずれは一度くらい、と心の中で控え目に考えていたのは確かだけれど、こんな形でとは思っていなかった。

「じゃ、ちょうどいいね」

田中と同じようなことを言いながら綾奈は無邪気《むじゃき》に笑う。

呼ばれたのならば行けばいい。行きたいのならば、そうすればいい。綾奈の出す結論はとても単純で率直《そっちょく》だ。

難しいことなど無視して、郁海の背中をぽんと押してくれる。

そうなのかもしれないとぼんやり考えた。

あれこれと思い悩《なや》むのは、ときとして必要の範疇《はんちゅう》を越《こ》えて、つまらない域や、無駄という域に達するものかもしれない。遠慮《えんりょ》や意地を捨てるのは容易《たやす》いことではないが、それでもときには自分から足を踏《ふ》み出すことも重要だ。

「さっきの友達に電話しなきゃ」

「う、うん」

背中を押されるまま、再び電話をした。

待っていたとばかりにワンコールめが終わる前に出た前島に誘《さそ》いを掛けると、二つ返事で行くと言った。

好奇心《こうきしん》の旺盛《おうせい》な前島らしく、田中には多大なる興味を抱《いだ》いていたようだった。

田中はタクシーでと言ったが、待ち合わせもあるのでやはり電車で行くことにして、駅までの道を歩きだした。

人の流れは、先ほどよりも多くなっている気がした。

「君、ちょっと」

最初は自分たちのことだと思わなかった。

すると一人の男が郁海の前に回り込み、郁海たちの足を止めさせた。

またナンパかと思い、すぐに違《ちが》うらしいと気がつく。相手はどう見ても三十を過ぎた男で、よれよれのTシャツの上に、洗いすぎて色が薄《うす》くなったようなシャツを着ていた。一目見た印象としては、「胡散臭《うさんくさ》い」である。身長は高からず低からず、中肉中背で、どこにでもいるような男だと思った。

男の姿は、記憶《きおく》の隅《すみ》に引っかかっていた。

ナンパしてきた連中から走って逃《に》げてきたとき、様子を窺《うかが》った郁海はこの男がやはり慌《あわ》ただしく走っているところを見たのだ。

「急いでますから」

「待って。佐竹郁海くん、だよね？」

いきなり名前を呼ばれて、郁海は大きく目を瞠《みは》る。驚愕《きょうがく》は一瞬《いっしゅん》の後に警戒心《けいかいしん》へと変化を遂《と》げた。

まともな用事であるはずがないと思った。

つまり彼は最初から郁海に用事があり、見失ってしまったので慌てていたということなのだろう。

緊張《きんちょう》しながら綾奈の腕《うで》を摑んで歩きだそうとすると、また行く手を阻《はば》まれた。思わず相手を睨《にら》み付けると、愛想《あいそ》笑いのサンプルみたいな顔をして、相手はポケットから名刺《めい》《し》を取りだした。

「僕は、こういうものなんだけど」

名刺には、フリーのジャーナリストなんていう、この上もなく信用のならない肩書《かたが》きが明記されていた。

名前は猪川《いのかわ》と書いてあった。

思っていても口には出さない郁海の横から、あっさりと綾奈は言った。

「何かアヤシイ」

「行こう」

「ちょっと待ってよ。少しだけ話を聞かせてくれないかな。君のお父さんのことなんだけど」

猪川の言葉に郁海は眉根《まゆね》を寄せる。予想はしていたことだが、はっきりと目的を突きつけられるのは不快だった。

孝典に接触《せっしょく》した連中と一緒《いっしょ》だろうか。

いつから郁海をつけていたのだろうか。

それを考え出すと不愉快《ふゆかい》の針はマックスに振《ふ》れ、露骨《ろこつ》に嫌《いや》そうな顔が出来上がる。つけ回されるのは楽しいことじゃなかった。

「僕から話すことは何もありません」

「そんなこと言わずにさ、どうして別々に暮らしてるのかって理由だけでも教えてくれないか。君にとって田中氏は、どんな存在なのか……」

「道端《みちばた》で高校生摑《つか》まえて聞くことじゃないですよね」

綾奈と連れ立って歩きだしても、猪川は横をぴったりとついてくる。道幅《みちはば》があるからいいものの、擦《す》れ違おうとしている人たちにとってはかなりの迷惑行為《めいわくこうい》だ。

「でもただの高校生じゃない。あのジョイフル社長の、たった一人の息子《むすこ》だろ？」

「ただの高校生です」

「てことは、田中氏との親子関係は上手くいってない？」

「どうしてそうなるんですか……！」

郁海は思わず足を止め、猪川に向かって嚙《か》みついていた。相手にしちゃいけないと頭ではわかっているのに、思い通りにならなかった。

どうせ相手は、言葉尻《ことばじり》を摑まえて、少しでも田中に不利な言葉を集めようと躍起《やっき》になっているのだ。そこまで郁海はわかっているのに、止まらなかった。

「別々に暮らしてるのは、僕の都合です。僕は他《ほか》にやりたいことがあるから、ジョイフルに入ろうとか、そういうことは考えてない。ただそれだけです」

隣《となり》にいるはずの綾奈はずっと黙《だま》ったままだ。口を挟もうとはしなかった。普段とは違い、その存在を意識できないくらいおとなしくしている。

猪川は冷静に郁海を見つめていた。

「でも、胡散臭い弁護士に君のことを押しつけているんだろ？」

途端《とたん》に綾奈がぴくりと反応《はんのう》した。てっきり怒鳴《どな》りつけるくらいはすると思っていたのに、何かを言うには至らなかった。

それをひどく意外に感じたときに、聞き慣れた声が聞こえてきた。

「確かに胡散臭い弁護士だが、ハイエナのような自称《じしょう》ジャーナリストよりはまだマシだと思っているんだがね」

思わず顔を向けた先に、予想を裏切らない姿がある。加賀見が来た方向を見ていなかったとは言え、声を掛《か》けられるまで気づかなかったとは情けなかった。そして綾奈が黙っていた理由も同時に知れた。彼女からは見えていたのだ。

猪川はあからさまに狼狽《ろうばい》した様子だった。相手は十代の子供だと高を括《くく》っていたのがよくわかる。

「未成年をつけ回すとは、感心しない趣味《しゅみ》だ」

「別につけ回していたわけじゃ……」

「昨日もマンションの前にいたと思ったが……何だったら、撮《と》らせた証拠《しょうこ》写真でも持って来させようか？　中野孝典くんにあんたの写真を見せて確認は取ったよ。彼に接触してきたのは、間違いなく猪川さん、あんただ」

「調べてたのか……」

「当然」

さらりと答えた後は沈黙《ちんもく》が生まれた。

ようやく余裕《よゆう》の出来た郁海がふと周囲に目をやれば、道行く人がこちらに注目していた。

加賀見はただでさえ目立つのに、道の真ん中で立ち止まり、お世辞にも友好的とは言えない態度を取っているから、何ごとかと人が見ていくのだ。

「帰って雇《やと》い主に言うといい。人の粗《あら》を探す前に、自分の尻《しり》についた火を何とかしたほうがいいってね」

「どこまで知ってる……？」

「さぁ。教えてやる義理はないと思うんだが……」

浮《う》かべた笑《え》みは、郁海や綾奈に対しては絶対に向けられることのない質のものだった。

猪川が小さく舌を打ったように聞こえたが、それは雑踏《ざっとう》の賑《にぎ》やかさの中でかき消されてしまっていた。

何も言わないところを見ると、言うべき言葉もないらしい。

「行こうか」

加賀見に促《うなが》されるまま、郁海と綾奈は歩きだした。駅とは反対方向だったが、どこかに車が

あるのだろう。

肩越《かたご》しに振り向くと、猪川はオブジェのようにその場に突《つ》っ立ったままこちらを見ていたが、郁海の視線をきっかけとするように踵《きびす》を返した。

「特に問題はなかったか？」

「あ、はい。田中さんのこと聞かれただけです」

加賀見を挟《はさ》む形で、郁海と綾奈は並んで歩いている。擦れ違う人の視線が、いつもより多い気がした。他人から見たら、不思議な三人連れなのかもしれない。

郁海の答えを確認すると、加賀見はすぐに携帯《けいたい》電話を取りだしてどこかへ掛けた。車に戻《もど》るように言っており、誰《だれ》かがこの界隈《かいわい》にいることがわかった。

電話が終わるのを待って、郁海は問いを向ける。

「さっきの人、いいんですか？」

「正体は割れているからね。あれは興信所の人間だ。裏で手を引いている人間も、もうわかっているよ」

詳細《しょうさい》を言わないのはいつものことだが、今は綾奈がいるので当然と納得《なっとく》することにした。

加賀見は視線を綾奈に向けると、故意に厳しい顔を作り、いつもよりもいくらか堅《かた》い声を出して言った。

「お前はマンションへ戻ったらそのまま荷物を持って強制送還《そうかん》だ」

「あ、ちょっと待って。これから約束があるんだからダメ」

「約束？」

「そう。ね？」

同意を求められるまま、郁海は黙って頷《うなず》いた。確認をしようと見つめてくる加賀見には、もっと大きく顎《あご》を引いた。

「さっき電話で前島を呼んだんです」

「遊ぶのか？」

加賀見はちらりと綾奈の顔を見た。その顔は呆《あき》れというより、もっと何やら複雑そうで、郁海にはその意味がよくわからない。

「いえ、その……田中さんの家に行くことになって」

「綾奈たちも郁海くんのお父さんに会うの」

楽しそうな言葉に反して、加賀見はひどく怪訝《けげん》そうだった。

「そういうことになったんです」

「……どういう心境の変化だ？」

意外そうな顔はもっともだった。今まで頑《かたく》なに遠慮《えんりょ》をし続けてきたのを、彼はよく知っているのだ。

「何となく……」

「綾奈が無理を言ったんじゃないのか？」

疑われた綾奈が「ひどい」などと、とても本気とは思えない口振《くちぶ》りで呟《つぶや》いているが、郁海がかぶりを振ったのは、それとは無関係だ。

そもそも家に来いと言ったのは田中だし、断ろうと思えば出来たはずだった。

だから決めたのは郁海だ。強要されたわけではなかった。

「ちょうどいい機会かなって」

言いながら、また同じことを口走ったと笑いたくなった。だが説明が面倒《めんどう》だから、郁海は下を向いて自分の足を見つめていた。

ずいぶんと高いところから、嘆息《たんそく》が聞こえた。

「送るよ」

「あ、でも前島と待ち合わせしてるんです」

「場所はどこかな。前島を拾っていこう」

「ねぇ、前島くんてカッコイイ？」

突然《とつぜん》割り込んできた綾奈に、加賀見はまたさっきの複雑そうな顔を向けた。だが当の本人は郁海のほうを見ていて、まったく気づいた様子もない。

黙っていると、綾奈はさらに「ねぇ」と言った。

「えーと……何を基準に？」

「英志さん」

「……それって厳しいよ……」

　確かに綾奈の男の基準は加賀見なのだろうが、この男と比べるとなると、なかなか高得点は難しくなる。少なくとも容姿や能力といった点ではそうだ。前島だとて、世間一般《いっぱん》の基準からすれば十分に男前で、頭も要領もよく、よく気がつくしスポーツも出来るレベルの高い男だが、恋人《こいびと》の贔屓目《ひいきめ》もあってか、やはり基準を加賀見に置くとマイナスがついてしまう。

「うーん……加賀見さんタイプだよ」

「それはさっき聞いたってば。だから、顔。とスタイル」

「背は高いよ。顔も……うん、いいと思う」

　言いながらちらりと加賀見の反応《はんのう》を窺《うかが》うが、特に反対意見は出てこなかった。肯定《こうてい》なのか、もともと何も言う気がなかったのかは不明だったが。

「英志さんを見慣れてる郁海くんが言うんだから、間違いないよね」

　綾奈の声は弾《はず》んでいる。

　不思議な生き物を見る思いだった。加賀見と郁海の関係を知って不機嫌《ふきげん》になったのはつい昨日のことだし、さっきまで何やらぶつぶつと自分の気持ちについて考えていたというのに、もう他《ほか》の男のことで楽しそうに目を輝《かがや》かせている。足取りも軽く、もう少しでスキップになりそうに見えるのは気のせいだろうか。

切り替《か》えが早すぎて、とてもじゃないが郁海にはついていけなかった。パーキングに着くと、車の横には孝典が立っていた。てっきり相原だと思っていた郁海は、意外さに驚《おどろ》いて、つい加賀見を見やってしまう。

「大丈夫《だいじょうぶ》だよ。彼は知っていることを全部話してくれた」

「そうなんですか……」

話しあいをするからと言われて席を外し、そのまま綾奈に連れ出されてしまった郁海には、その間に何があったのかは摑《つか》めていない。だがこうして一緒《いっしょ》に郁海を捜《さが》しに来たからには、良い方向に変わったということだろう。

安堵《あんど》を覚えながら郁海は躊躇《ためら》うことなく助手席のドアを開けた。それが郁海にとっては当たり前だったのだが、孝典は何を思ってかそれをじっと見つめ、やがて溜《た》め息《いき》をついて視線を外した。

車はパーキングを出て、大通りの流れに入っていく。

郁海が聞きたかったことを代わりに言ったのは、今度もやはり綾奈だった。

「それで、反省したの？　英志さんのこと誤解してたの、もういいわけ？」

綾奈は羨《うらや》ましいほど率直《そっちょく》だ。わかりにくい表現も、曖昧《あいまい》な言い回しもせず、ずばりとそのままの言葉を突きつける。まっすぐに飛んでいく矢のようだった。

孝典は溜め息をひとつついた後に頷いた。

「とりあえず」

「ふーん、何か中途半端《ちゅうとはんぱ》」

完全に納得し、理解したわけじゃないのは、その態度からも明らかだった。あるいは無理にそう自分に言い聞かせているのかもしれない。

郁海は助手席から孝典を振り返った。

「加賀見さんとのことは、僕の意思だから。僕が加賀見さんのこと好きなのは、気のせいでも何でもなくて、本当だから」

ただそれだけのこと。シンプルな事実だった。

返事は期待していなかったので、郁海はすぐに前を向いた。言いたいことは、言葉にしてしまえばあっけなかった。

それから孝典が喋《しゃべ》ったことと言えば、加賀見に近くの駅で降ろすと言われたことへの返事くらいだった。何かを考え込んでいるようにも思えたし、単に不機嫌を描《えが》くのに忙《いそが》しいようにも思えた。

どちらだったのかを知ったのは、駅のすぐ近くで停《と》まった車から、孝典が降りていったときだった。

ドアに手を掛《か》けたまま彼は屈《かが》み込み、助手席の郁海に話しかけてきた。

「さっきのことだけど……」

「はい」

振り返ると、いくぶん柔《やわ》らかくなった表情がそこにあった。

「君の意思で選んだことだっていうのは、わかった。でも僕は、その人と付き合うことにはやっぱり賛成できない。偏見《へんけん》とかそういうんじゃないよ。何て言うか……相手が誰《だれ》かというのは問題じゃなくてね」

苦笑《くしよう》しながら、孝典はドアを閉めた。

ガラス越《ご》しに視線がぶつかった。彼は仕方なさそうに笑いながらこちらが遠ざかるのを見送っている。

複雑そうなその顔は、先ほど加賀見が見せた顔にとてもよく似ていた。

「ふーん……」

後ろから聞こえる声は、とても意味ありげだった。

反対側に首を巡《めぐ》らせて綾奈を見ると、待っていたように彼女は口を開いた。

「あれだね。娘《むすめ》が彼氏を連れてきたら、相手がもう誰だろうと関係なく腹が立つ親父《おやじ》みたいな感じ？」

言いたいことは何となくわかった気がした。そして自《おの》ずと、加賀見が見せたあの表情の理由も知れた。

ちらりと視線を送るが、加賀見は何も言わなかった。

「……そうかも」

郁海は前を向きながらぼそりと呟き、緩《ゆる》みそうになる口元を引き結ぶことに躍起《やっき》になった。

さすがに笑うのはまずいと思ったのだが、平然としているのも、しかつめらしい顔をしているのも難しいことで、どうしてもむずむずと口のあたりが動いてしまう。

さり気なく横を向いて、窓の外を見る振りをした。

(加賀見さんて、けっこう可愛《かわい》いかも……)

口には出さずにそう思い、郁海は今度こそ密《ひそ》かに笑《え》みをこぼした。

9

後部シートの二人は、ずいぶんと話が弾んでいる。

事前に連絡《れんらく》しておいたので、駅の近くの道で待っていた前島は、加賀見の車が路肩《ろかた》に停止すると同時に後部座席のドアを開けた。そして挨拶《あいさつ》を交《か》わした後、紹介《しょうかい》も必要としないですぐに綾奈と話し始めたのである。

そして綾奈もノリが良かった。ほとんど後ろの二人だけで喋っていて、ときどき郁海に振《ふ》ってくることはあっても、それは長くは続かない。

今の話題は郁海が興味を持っていないアーティストの話だ。

一見したところ加賀見の態度はさほど普段《ふだん》と変わりがなかった。指先が軽くハンドルを叩《たた》いているのが普段の運転のときとは違《ちが》うが、それは渋滞《じゅうたい》のせいかもしれない。

「混んでますね」

小さな声で言えば、加賀見は視線を郁海に向けた。

「この分だと、ギリギリだろうね」

「綾奈のこと？」

ひょっこりとシートの間から顔を出す綾奈を、加賀見は溜め息と共に軽く睨《にら》み付けた。怒《おこ》っているというポーズだが、やはり本気の色は薄《うす》かった。

「羽田まで送るから、そこからは自分で帰りなさい」

「うーん……思ったんだけど、綾奈、英志さんちで留守番してようかな。前島くんが遊んでくれそうだし」

「駄目《だめ》だ。そんなことをしたら、二度と立ち入りは許さないよ。これは本気だ」

驚くくらい強く、そして厳格な口調だった。甘やかす限度というものは、彼の中に確かにあり、きっちりと線が引かれているのだろう。

綾奈もそれを感じとったらしく、不満そうにだが渋々《しぶしぶ》と引き下がった。

いつの間にかすっかり渋滞を抜《ぬ》けていて、周囲の景色は繁華街《はんかがい》のものから、住宅街に近いものになっていた。

近くなってきたのだと思った瞬間《しゅんかん》に、心臓が早鐘《はやがね》を打ち始めた。

訪れるのはおろか、今まで外からでさえ家を見たことはないのだ。ただ住所を知っているというだけで、それすら見なければわからない。

車はどんどん閑静《かんせい》な住宅街へと入っていく。やがて信号でもないのにスピードが落とされ、大きな門の前で停まった。

コンクリートの高い塀《へい》が伸《の》びていて、門のところには監視《かんし》カメラがついていた。

「すげー……」

素直《すなお》に口に出したのは前島だった。

高い塀の向こうには、枝がこちらに張り出さない形の木があり、外からの視界を遮《さえぎ》っている。車の中からでは家の一部さえも見えなかった。門は頑丈《がんじょう》そうな金属製で、こちらも外から中が見えないタイプだ。

「やっぱ、ジョイフルの社長宅ともなるとすごいな……」

「すごーい、豪邸《ごうてい》だー！」

無邪気《むじゃき》にはしゃいでいる二人をよそに、加賀見は田中に電話を入れて門を開けてもらっている。門の向こう側から現れたのは、郁海もよく知っている住み込みの運転手だ。ボディガードを兼《か》ねていることは周知の事実である。

加賀見は車ごと中に入り、車寄せでサイドブレーキを引くと、エンジンはそのままで外へ出てしまう。

家は二階建てで、想像していたよりもずっと新しい建物だ。ぼんやりと眺《なが》めていたので、結局外へ出るのは最後になってしまった。

車は運転手に任せ、加賀見は家の者——おそらく住み込みのお手伝いだろう——が開けた玄《げん》関《かん》へと郁海たちを促《うなが》した。

ここへ来て郁海は躊躇《ちゅうちょ》というものを思い出した。

認知されたとは言え、外で生まれた子供が本宅の敷居《しきい》を跨《また》ぐことに、この家の者たちは抵抗《ていこう》がないのだろうか。

接着剤《せっちゃくざい》が何かでくっついてしまったように足が動かない。

その背中に、大きな手が添《そ》えられた。

「遠慮《えんりょ》は必要ないよ。中で待ってるのは君の父親だ」

不思議なくらいすんなりと足が動いて、郁海は玄関の扉《とびら》をくぐることが出来た。

奥から現れた田中が、郁海を見てふと表情を和《やわ》らげた。喜んでいるのはおそらく誰にでもよくわかったことだろう。

歓迎《かんげい》されているのはやはり嬉《うれ》しかった。

「よく来てくれたね」

曖昧《あいまい》に頷《うなず》くと、綾奈が肘《ひじ》の裏側あたりを指先で突《つつ》いてきた。

早くも父親と呼ぶようにせっついているのか、単に紹介しろと言っているのかは定《さだ》かではないが、郁海の言葉に何らかの期待をしているのは確かなようだ。

「あ……あの……友達の、北村綾奈ちゃんと、前島宏紀くん、です」

「こんにちはー！」

「突然《とつぜん》お邪魔《じゃま》してすみませーん」

二人とも驚《おどろ》くくらい快活だった。物怖《ものお》じ、という言葉はきっと母親の腹の中にでも置いてきてしまったのだろう。

「はじめまして。郁海の父です」

さらりと告げられた自己紹介は、郁海をくすぐったいような気持ちにさせる。人前でこんなふうに名乗られたのは初めてだったのだ。

田中は加賀見に目をやり、淡々《たんたん》とした声で言った。

「確か、君の姪御《めいご》さんだったね」

「そうです。私の知らないところで、どうやら友情が芽生えたらしいんですよ」

「なるほど。ああ、奥へ行こうか」

通されたのはリビングルームだった。広々としていて天井《てんじょう》が高く、調度品もデコラティブではないが十分に上質のものだとわかるものばかりだ。

意外だった。正妻の蓉子のイメージから、もっと派手な内装を想像していたのだ。雑誌やテレビで見る一部の豪邸のように、シャンデリアや絵画や、アンティーク調の家具がちりばめられているだろうと。

「もっとキラキラしてるかと思ってた」

中をぐるりと見回して綾奈は呟《つぶや》いた。

「落ち着けない空間で暮らしたくはないのでね。妻も派手好みなんだが、幸い家のことには何も言わなくてね」

「それは社長に合わせているんですよ」

加賀見の言葉に、お茶を運んできたお手伝いさんが小さく密《ひそ》かに頷いている。ちょうど郁海からはそれが見えていた。

田中は意外そうに眉《まゆ》を上げる。

「それは知らなかったな」

「そろそろ、迎《むか》えに行ったらどうですか」

「先日、電話でなら話したがね」

果たして息子《むすこ》の友達の前でしていい会話なのだろうか。

郁海はハラハラしながら、出された紅茶を飲んでいた。前島も綾奈も事情を知っているとは言え、あまりにも内々の話である。

思わず郁海は口を挟《はさ》んだ。

「あ、あの……僕が来ても大丈夫《だいじょうぶ》だったんですか？」

「ああ……そんな心配はしなくていい。いずれ連れてくるつもりだということは、あれにも言ってあるし、特に文句も言われなかったよ。加賀見の説得が少しは効いたらしい」

郁海は生返事をして加賀見を見やり、それから出された紅茶に口を付けた。

「しかし、まさか友達を紹介してくれるとは思わなかった」

そう呟いてから、田中は積極的に前島と綾奈に話しかけた。特に学校の友人でもある前島には興味も大きいようで、学校での郁海の様子も含《ふく》めて、実にいろいろなことを聞きだそうとし、いた。

前島も郁海の反応《はんのう》を窺《うかが》いつつ、田中が知りうることのなかった学校でのことを語って聞かせていた。

綾奈はすっかり聞き手になっていたが、センターテーブル越《ご》しに、何度もちらちらと視線を送ってくる。

強い視線の意味は、わかっているつもりだった。

綾奈が「こほん」と咳《せき》をした。喉《のど》に何かが絡《から》んだようなそれは、しかしながら相当にわざとらしい。それだけにこの場にいる人の注目を集めるには十分だった。

「綾奈、お土産《みやげ》欲しいな」

「は……？」

「お菓子《かし》っぽいもの送ってね。前島くんは何かリクエストしたの？」

「いや｜、別に。俺もテキト｜に食い物で」

次々と二人がリクエストを口にするのは、まるであらかじめ打ち合わせされた連係プレ｜のようだった。

そしてこの場で土産をもらうことの出来る人物と言えば、あとは一人しかいない。

これが綾奈の用意したタイミングなのだ。

「あ、あの……」

簡単なことのはずなのに、意識してしまっているから妙《みょう》に言いづらい。まして固唾《かたず》を呑《の》んで見守っている応援者《おうえん》までいるのだ。

ほんの数秒の沈黙《ちんもく》が長く感じる。

綾奈は今にもテーブルの下でスリッパを蹴《け》り出して来そうな形相だった。

「お……お父さん、は……何が、いいですか」

言ったそばから顔が勝手に熱くなった。田中と一対一でも恥《は》ずかしいのに、よりによってこの場には他《ほか》に三人もの人がいるのだ。

視界の端《はし》で、綾奈が小さくガッツポーズを決めるのが見えた。前島はきょとんとし、加賀見はひどく意外そうに目を瞠《みは》っている。

そして田中は虚《きょ》を衝《つ》かれた様子で、だがすぐに表情を和らげて郁海を見つめた。今まで目にしたことがないほど顔は笑《え》み崩《くず》れていた。

「何でもいいよ」

田中はあえて、父親と呼んだことについてはさらりと流したらしい。このあたりの心配りは、郁海にとってありがたいことだった。だらしのない大人だが、踏《ふ》み込むべきでない部分を掠《かす》めていくさり気なさは、郁海にはまだ出来ないことだからだ。

どんなに抵抗してみたところで、田中が郁海の父親だという事実は変わらない。変えたいとも思わない。そして気づかないうちに、郁海の中で自然に彼を父親だと認めていたのも確かだった。

あるいは最初からだったのかもしれない。ただ、認めようとはしなかっただけで。

郁海は隣《となり》に座っている加賀見のことを思った。

意地を張って、曲がった方法でしか親を求められなかった郁海を溶《と》かしてくれたのは、やはり彼だったと思う。前島も綾奈も、以前の郁海だったら、けっして近づけたりはしないタイプの人間なのだ。

もっとも加賀見に、そんなつもりはないだろうけれども。

ソファの上に投げ出した手が、加賀見の手に触《ふ》れた。それは意図したことではなかったが、その瞬間《しゅんかん》、互《たが》いに互いの手を意識した。

とんとん、と加賀見の指先が郁海の手を叩《たた》く。

呼ばれているわけでもなく、何かの合図でもない。だからあえて目を向けることもしなかった。

それはただ触れるという、それだけの行為《こうい》だ。もしも手元がテーブルで隠《かく》れていたならば繋《つな》いでいたかもしれないし、人目がなかったら抱《だ》きしめあっていたかもしれない。

意味はただ、それだけだ。

加賀見の存在で頭の中がいっぱいになりそうだった郁海を現実に引き戻《もど》したのは、田中の声だった。

「郁海に任せるよ」

何を話していたのかを思い出すのに、数秒の時間が要《い》った。

「あ……はい」

「くれるというなら、木彫《きぼ》りの熊《くま》だろうと毬藻《まりも》だろうとね」

冗談《じょうだん》なのか本気なのか、よくわからなかったから、笑っていいものかどうかもわからない。浮《う》かべる笑顔は曖昧《あいまい》なものになってしまった。

「……それはないと思いますけど……」

「明日からだったね」

「はい」

「そうか。気を付けて行ってきなさい」

田中は穏《おだ》やかにそう言った後、視線を加賀見へと移した。何を言うわけではなかったが、意味ありげに何かを訴《うった》えていたのは確かである。

確かめようとは思わなかったし、加賀見も気づかないふりをしていた。

「週末の食事は予定通りでいいかな」

「あ、はい」

「では、うちにおいで。郁海の好きなものを作らせるよ」

にっこりと笑いながらの言葉は、すでに決定事項《じこう》だった。今となっては、もう断る理由もない話である。

郁海は曖昧に頷《うなず》いた。

面映《おもは》ゆいというのは、こういう気分のことを言うのかもしれないと、どこか冷静な部分が感想を呟《つぶや》いている。

傍《はた》から見たら、どんなふうに見えるのだろうかと、変なことが気になって仕方なかった。

隣では時間を確かめた加賀見が、顔を上げて綾奈に目を向けた。そろそろ、と切り出した言葉に、場はまた急に動き出した。

時間にしたら一時間にも満たない訪問だったが、綾奈は比較《ひかく》的すんなりと加賀見の言うことを聞いて立ち上がった。

もっとも、不本意だということは前面に押し出していたし、田中にもまた来ていいかと尋《たず》ねてもいた。もちろん本気らしいから、今度彼女が上京したときも、同じように田中邸《てい》に来ることになるのだろう。

それも悪くはないと思った。

前島は優等生の見本のような礼儀《れいぎ》正しい挨拶《あいさつ》をして、ひそかに郁海を感心させた。

田中には、郁海はもう少しゆっくりしていくように言われたが、明日の準備を理由に一緒《いっしょ》に出てきてしまった。予想に反して田中がごねなかったのは、次回の約束を取り付けたせいかもしれない。

そうして前島を駅で降ろし、綾奈を空港へと送り届けた頃《ころ》には、さすがにとっぷりと日が暮れてしまっていた。

「……聞きたいことがあるんですけど」

「うん？」

高速道路の照明が次々と流れていく車内で、ハンドルを握《にぎ》る加賀見の横顔は瞬間的に照らし出されてはまた闇《やみ》に溶けていく。その繰《く》り返しなのだが、やはり表情はいつものように涼《すず》しげだった。

視線は常に動いていた。前を見たり、ルームミラーやサイドミラーで後方を確かめたり、いつものように走っている。

「どうして前島を呼ぶって言ったとき、変な顔したんですか？」

「……そんな顔をしていたか？」

加賀見は意外そうに、だがすぐに苦笑いへと表情を変えて問い返してきた。どうやら自覚はなかったようだ。

「もしかして、綾奈ちゃんが言った通りですか？」

「……どうかな」

曖昧にごまかそうとするのが肯定《こうてい》の証拠《しょうこ》だった。郁海の恋人《こいびと》は、可愛《かわい》がっている姪《めい》に対して父性愛のようなものを発揮しているのだ。

「それは、僕の場合とは違《ちが》うんですよね？」

「恋人と姪を同じように位置づけているつもりはないよ。姪に対して独占欲《どくせんよく》は働かないからね。ただ面白《おもしろ》くない、というところかな」

「独占欲……」

「君にはあまり関係ないかな」

「そんなことないです……！」

自分でも驚《おどろ》くくらいに強く否定していた。

横を向くことのなかった加賀見が、ようやくこちらをちらりと見て、すぐに視線を前へと戻した。

「そうなのか？」

「僕だって、加賀見さんが自分の部屋に戻ったとき、本当は嫌《いや》だったたし……いろいろ、気になって……」

明かりに照らし出された加賀見の口元が、笑みを象《かたど》っているのに気がついて、郁海は途中《とちゅう》で言葉を飲み込んだ。

これはもしかして「言わされた」のではないだろうか？

「加賀見さんて、ずるい」

「わかっていたことだろう？」

「そう……ですけど……」

ぷいと横を向くと、ガラスの向こうに夜の町が見えた。町、といっても倉庫街で、けっして明るいとは言えない。

やはり今でも暗い景色は好きじゃない。だが、逆を言えば好きではないというていどで済んでいるのだった。

夜のドライブが平気になったのはいつからだろう。暗闇《くらやみ》を極端《きょくたん》に恐《おそ》れていた頃よりは、ずいぶんとマシになってきている。以前だったら暗がりを見ているだけで、息苦しくなっていたはずだから。

「郁海、少し寄り道をしてみてもいいか？」

「え……あ、はい」

「悪いが相原に電話をしてくれ。これから、うるさいハエを連れて行くとね」

「……それって……」

思わず後ろを見ようとして、すんでのところで思いとどまった。加賀見の口振《くちぶ》りからすると、誰《だれ》かが後をつけてきているらしい。

郁海は緊張《きんちょう》しながら、携帯《けいたい》電話を操作した。

相原に加賀見の言葉を伝え、横から言われるまま、これから事務所へ行くことと、だいたいの到着《とうちゃく》時間を教えた。相変わらずの軽口を叩《たた》きながらも、話を引き延ばすこともなく相原は自分から電話を切った。

いざとなれば、無駄《むだ》なことはしないようだ。

「準備が出来たら電話をくれるそうです。あの、後ろのって……？」

「ああ、昼間の連中の仲間だよ。あるいは本人かもしれないがね。どうやらさほど人数は動かしていないらしい」

「もっと詳《くわ》しく知りたいんですけど」

「何、簡単な話だよ。ジョイフルの役員の一人が横領をやらかしていてね。それがもうすぐ露《ろ》呈《てい》するわけだ」

先のことを断言するからには、露呈はするのではなく、させるのだろう。確かめるまでもなく、内偵《ないてい》をしていたのは加賀見なのだ。

「じゃあ、その役員が？」

「そういうことだ。どうやらこちらの弱味を握りたいらしいね。社長と取引でもするつもりだったんだろう」

声の調子に嘲笑《ちょうしょう》が混じっていた。郁海には向けられることのない、冷ややかな一面が垣間見《かいまみ》える。

田中もおそらくそうだ。郁海の知らない、とても冷徹《れいてつ》な部分が彼にもきっとある。

だがそれは今さらマイナスにはならなかった。

「怖《こわ》い目には遭《あ》わせないから、心配しなくていいよ」

「大丈夫《だいじょうぶ》です。加賀見さんが一緒だし……全部、任せます」

本心を告げただけなのに、隣《となり》からふと笑う気配がした。

「信頼《しんらい》には応《こた》えないとね」

ひどく嬉《うれ》しそうに聞こえたのは、きっと気のせいではないはずだった。

ビルの駐車場《ちゅうしゃじょう》には、連休中にも拘《かか》わらず、予想外に車が入っていた。テナントはオフィスだけでなく店舗《てんぽ》もあるので、そういったところは今日も、そしてこの時間でも営業をしているようだ。

今頃《いまごろ》、ビルのすぐ近くには、ずっとつけてきた車が止まっていることだろう。加賀見によれば、その車の運転手は、やはり昼間会った猪川であるらしい。

「さて、行こうか」

当たり前のようにキスをされる。加賀見とする触《ふ》れるだけのキスは、いつの間にか挨拶と同じくらい自然なことになった。ただし外で、となると話は別だ。たとえ駐車場の車中であっても、いつ誰が見るかしれないのだ。

「ダメだって言ってるのに……」

「誰も見ていないことは確かめたよ」

余裕《よゆう》で切り返しながら加賀見は車外へ出る。

何をしにここへ来たのかはわからないまま、とにかく郁海は彼についていった。最上階の事務所へと上がると、フロアには明かりがついていて、すでに誰かがここに来ていることが知れた。会計事務所のほうには人がいるようだ。

人――と言っても、普通《ふつう》に考えればそれは相原だろう。最初から来ていたのか、先ほどの電話でここへ来たのかはまだわからなかった。

法律事務所に入り、こちらにも明かりをつける。ブラインドは閉めたままだが、外からでも、ここに明かりがついたことはわかるはずだった。

郁海が応接セットのソファにちょこんと座ると、直後に会議室のドアが向こう側から開いて相原が現れた。間の会議室を通って、二つの事務所は行き来が出来るのだ。

「休日出勤させられるとは思わなかったよ。はい、これ」

加賀見に手渡《てわた》されたのは少し大きめの茶封筒《ちゃぶうとう》だった。厚みもそこそこあり、書類の束らしいことがわかる。

　中身を確認し、加賀見は頷《うなず》いた。

「さすがにまだ事務所荒《あら》しはされていないようだ」

「この連休は危なかったんじゃないかな。それと、君の自宅とか。旅行前に片を付けておくのは正解だと思うよ。とりあえず好判断と誉《ほ》めてあげよう」

「ありがたくもないね」

　会話の内容に郁海が眉《まゆ》をひそめていると、相原の視線が向けられた。

　ぺこりと頭を下げると、にっこりと微笑《ほほえ》まれる。今朝自宅で会ったばかりなのだが、まるで今日のことではないように遠く感じた。

「綾奈ちゃんとのデートは楽しかった？」

「……大変でした」

「ははは。そうか、やっぱり加賀見とのほうがいいのかな」

　にやにやと笑う顔は、どこからどう見ても下世話そうで、黙《だま》っていればノーブルな顔立ちを台無しにしていた。

「あの……相原さんて、公認会計士なんですよね」

「そうだけど」

「こういうのは、普通はしないことですよね？」

　ちらりと茶封筒に目をやれば、相原は郁海の言いたいことを察した様子で、ああ……と何度か顎《あご》を引いた。

「もちろん。これは、加賀見と付き合っているせいだよ。と言っても、預かっていたものを届けただけだから、仕事というよりはむしろプライベートかな。普段《ふだん》はちゃんと、まともに会計士をやってます」

やけに「まとも」を強調されると、かえって疑わしく感じてしまう。まして相原は加賀見の友人なのだ。普通じゃない弁護士の友達が、普通の会計士であるはずがないと思うのは、偏見《へんけん》だろうか。

「会計士って、どうなんですか……？」

「興味あるの？」

「というか、いろいろと興味を持つようにしているんです。将来、何になろうかなって、考えてるところだから」

「へぇ……」

感心した様子で相原は近づいてくると、正面に座ることはせず、ソファの背に手を掛《か》けながら少し身を乗り出してきた。

やけに目が輝《かがや》いているように見えるのは気のせいではなかった。

「じゃあさ、大学卒業後は、会計士を目指しつつうちで働くってのは？」

「はい？」

「悪くない話だと思うよ。ああ……何かちょっと楽しくなってきた。僕が郁海くんの上司、というか雇用者《こよう》なんて。ねぇ？」

言いながら、相原の視線は加賀見に向けられる。言葉通り、心底楽しそうだ。要は加賀見をからかうことに余念がないのだった。

冗談《じょうだん》の範疇《はんちゅう》を越《こ》えないことだろうが、不思議とそれは郁海の中に強く刻まれた。

確かに、悪くない。

「郁海におかしなことを吹《ふ》き込まないでもらおうか」

「選択肢《せんたくし》の一つを提供しただけさ。ま、用も済んだことだし、帰ろうかな。デートに遅《おく》れたくないしね」

ふふん、と鼻歌まじりにそう告げると相原は現れたときと同じように会議室のドアに手をかけ、ノブを引いたところでぴたりと止まり、肩越《かたご》しに振《ふ》り返った。

「ああ、そうだ。気を付けて行っておいで。お餞別《せんべつ》、そこに置いといたから」

「え……っ」

指を差されて初めて、ソファの背にポチ袋《ぶくろ》が置いてあることに気がついた。ソファと色が似ていて、わからなかったのだ。

「ちなみに半返しってことで、そうねぇ……毛ガニあたりを希望」

ちゃっかりと具体的なリクエストを言い残し、相原はすぐに姿を消した。それから間もなく彼は帰ったようだった。

だが加賀見はまだ帰る素振《そぶ》りを見せない。

こちらの用件はまだ済んでいないのだ。

「これから、どうするんですか？」

「ああ……これを、渡してやろうと思ってね」

茶封筒を軽く振ったあと、加賀見はそれをデスクの上へと放《ほう》りだし、ブラインドの下りた窓《まど》際《ぎわ》へと移動していく。

「おいで」

呼ばれるまま、さしたる疑問も抱《いだ》かずに近づいていくと、すっと手を差し出された。その手を取ることに、躊躇《ためら》いはなかった。

なのに急に引っぱられ、身体《からだ》を入れ替《か》えるようにしてブラインドに背中を押しつけられる。

かしゃん、と乾《かわ》いた音が静寂《せいじゃく》の中に響《ひび》いた。

加賀見は郁海の両手を広げて張り付け、自由を奪《うば》った。押しつけられた身体が動く度《たび》に、ブラインドが鳴った。

「な、何……」

問いかける間もなく唇《くちびる》が塞《ふさ》がれる。

当たり前になった触れるだけのキスではなく、今でもやはり特別な、深いキスを仕掛《しか》けられた。

目を閉じてしまうのは条件反射かもしれない。特別だけれども、慣れた行為《こうい》だった。

いつもより早く離《はな》れていった唇は、そのまま郁海の耳元をくすぐりながら、突然《とつぜん》の行動の意味を告げ始めた。

「向こうから、来てもらおうかと思ってね。外から写真を撮《と》ったところで証拠《しょうこ》にはならないから、弱味がほしければ勝手にそこまで来るだろう」

「そ、そんなの渡しに行けばいいじゃないですかっ……」

冷たい手が服の中へと入り込んできて、郁海はびくりと身を竦《すく》めた。

「あいにく、そこまで親切じゃないんだ」

喉《のど》から手が出るほど田中サイドの弱味を握《にぎ》りたい連中にとって、確かに加賀見と郁海の関係は絶好のネタだろう。加賀見の動きも封《ふう》じられるし、郁海の名誉《めいよ》のために、田中が屈《くつ》することも十分に考えられる。

だが抵抗《ていこう》なく協力できるわけでもなかった。

「加賀見さんっ！」

「全部、任せてくれるんじゃなかったのか？」

「違《ちが》っ……」

笑《え》みを含《ふく》んだ声に耳朶《みみたぶ》を愛撫《あいぶ》され、ぞくぞくとあやしげな感覚が這《は》い上がってくる。

服の上から脚《あし》の間を撫《な》でられて、思わず声を上げた。やわやわと、焦《じ》れったいほどの刺激《しげき》が与《あた》えられるたびに、鼻にかかった甘い声が漏《も》れてしまう。

「っぁ……ん……」

「もっと?」

違う、と首を横に振れば、耳元で笑う声が嘘《うそ》つきだと囁《ささや》いた。

何も言えなかった。嘘ではないが、本当でもなかったから、この気持ちをどう伝えていいのかわからない。

溶《と》けていきそうなほどの快感を自分から手放すのはとても難しい。まして加賀見の押す快楽のスイッチはいつだって的確で、郁海はどうやってオフにしたらいいのかも知らなかった。

「声……っ、聞こえ……る……」

このフロアに人は来ないはずだが、絶対ということはありえない。しかも今は、外にいるはずの猪川が上がってくる可能性がとても高いのだ。

「じゃあ、ずっとキスしていようか」

冗談めかされても笑えるはずがない。

「ふ……ぅっ」

摑《つか》んだブラインドが、がしゃんと大きな音を立てた。

「少しだけ我慢《がまん》できるかな」

耳元で囁かれて、あやうく声を上げそうになる。言葉の意味を理解したのは、加賀見の身体が離れていってからだった。

大きな手が、頬《ほお》に添《そ》えられた。

「いい子だから、待っていなさい」

言い置いて、さっと背中を向けられてしまった。

郁海はずるずるとその場に座り込む。膝《ひざ》から力が抜《ぬ》けて立っていられなかったということもあるが、加賀見が茶封筒《ちゃぶうとう》を摑んでドアのほうへと向かったので、とっさに自分は隠《かく》れたほうがいいと思ったのだ。

目線がデスクよりも低くなって加賀見の姿が見えなくなる寸前に、郁海は潤《うる》んだ目のまま彼の背中を睨《にら》みつけた。

悔《くや》しくなるくらい、勝手だ。こうなることがわかっていて一方的に仕掛けておいて、焦らすような真似《まね》をする。郁海が熱を持てあましながら、どうすることも出来ずに加賀見を待つのを楽しんでいるに違いない。

(意地が悪い……)

そういう男だとわかってはいたし、それで加賀見を嫌《きら》いになったりはしないけれど、思い切り文句を言いたい場面ではある。

郁海は机の陰《かげ》に身を潜《ひそ》めて小さくなった。

加賀見が茶封筒を手に、内側からドアを開ける音がした。

一瞬《いっしゅん》の間のあとに、走り出そうとする者の足音が聞こえたが、それに被《かぶ》せるようにして加賀見のよく通る声が響く。

「手ぶらで帰ることはないだろう？」

どさりと音がしたから、おそらく封筒は放り投げられたのだろう。

「それは横領の証拠だ。コピーだから、遠慮《えんりょ》なく土産《みやげ》にするといい。私の仕事はもう終わっているのでね、この先のことは田中社長と話し合うように伝えてくれ」

「……」

猪川らしき男が何か喋《しゃべ》っているが、遠くて言葉がはっきりしない。だが大きな声ではないから、少なくとも相手も冷静ではあるらしかった。

それから短いやりとりがあって、再びドアが閉められる。カチリ、とロックする音まで聞こえていた。

戻《もど》ってきた加賀見が郁海の前に膝をついたので、思わずキッと睨みつけた。

言いたいことはわかっているはずなのに、狡猾《こうかつ》で子供じみたこの大人は、ひどく楽しそうに目を細める。

「言いたいことがあれば聞こうか」

「……加賀見さんて、ときどきすごく意地悪ですよね……」

「でも嫌いじゃない。そうだろう?」

笑いながら、ひょいと横抱《よこだ》きにされて、会議室まで運ばれた。もっとも会議室とは名ばかりで、一度も会議などしたことはないと相原は嘯《うそぶ》いていた。要するにここは仮眠《かみん》室のようなものなのだ。

眠《ねむ》るための長椅子《ながいす》に下ろされた郁海は、まさか……の考えに顔を引きつらせた。

「加賀見さん……?」

「ここなら、外に誰《だれ》かがいても聞こえないだろう? 扉《とびら》はこれで二重だし、壁《かべ》は十分に厚いことだしね」

「で、でも明日はっ……」

「空港までは車だし、問題はないと思うがね」

そう言いながら、了承《りょうしょう》も取り付けないうちに、寝心地《ねごこち》ばかりを追求《ついきゅう》した長椅子に郁海を倒《たお》していく。

ささやかな抵抗などは、いとも容易《たやす》く封じられた。

シャツを胸元まで捲《まく》り上げて、そこに顔を伏《ふ》せる。むず痒《がゆ》い感覚は、すぐに郁海の力を解く快感になり、そちらに意識を取られている間に、下肢《かし》を包んでいたものが手際《てぎわ》よく剝《は》ぎ取られていった。

セックスをするとき、加賀見は優《やさ》しさと残酷《ざんこく》さの両方で郁海を苛《さいな》んで、理性も意地も何もかもを奪っていく。

「やっ……」

天井《てんじょう》の無機質さが、目に痛い。居住空間とは明らかに違うその色と照明が、郁海の気持ちを落ち着かなくさせた。今まで加賀見に抱かれるときは、マンションだとかホテルだとか、とにかく自分の生活空間や、滞在《たいざい》するための場所だったのだ。

オフィスなんて、郁海の感覚ではありえないことだった。

戸惑《とまど》いを察したように、加賀見の大きな手が目元を覆《おお》った。

「目を閉じていなさい。そうすれば関係ないだろう？」

そっと手が離れていっても、郁海は目を瞑《つぶ》ったままでいた。催眠《さいみん》術にかかったみたいに、目を開けようという気が起こらなかった。

濡《ぬ》らされた指が、わずかなぬめりを借りて郁海の中へと入り込む。

「っぁ、あ…ぅ……」

ゆっくりと出し入れされる指に擦《こす》られるたびに、郁海はせつなげに眉《まゆ》を寄せた。

加賀見はたいてい、いつもここに時間をかける。永遠に続くかと思うほど指で犯《おか》されて、それだけで達してしまったこともあったし、自然に腰《こし》が揺《ゆ》れるようになり、もどかしさに郁海が自分から中を指に擦りつけていくようになるまで、やめてくれなかったことさえあった。

異物感でしかなかったものが、甘い声を紡《つむ》がせるほどの快感になるには、そう時間は掛《か》からない。

「っ……く、ぅ……ん……あぁっ、ん！」

指は二本に増え、深く差し込まれたそれらが中でばらばらに動き、あるいはぐるりと大きく旋回《せんかい》する。

郁海は悲鳴を上げながら背中を浮《う》き上がらせた。

折り曲げられた指が、柔《やわ》らかい内壁《ないへき》の、一番弱いところを撫《な》でていく。

「いやっ……！　あんっ…んぁっ、やぁ……！」

「ここがいいんだ？」

問われるまま、何度も頷《うなず》いた。知っているくせにわざわざ聞いてくることを、今は咎《とが》めている余裕《よゆう》もない。

指が動くたびに、くちゅくちゅと淫《みだ》らな音が響《ひび》いて、小刻みに細い身体《からだ》が震《ふる》えた。

理性が押し流されていくのを、郁海はどこか他人《ひと》ごとのように感じ、もっと感じたいという本能だけに突《つ》き動かされる。

意識の外で、腰が揺れた。

今日は焦《じ》らされることもなく指が引き抜かれ、喪失感《そうしつかん》を覚える間もなく、それ以上のもので満たされていった。

「そう、力を抜いて……」

じりじりと侵入《しんにゅう》されるたびに、身体は抵抗《ていこう》をしながらも傷つくことなく開いていく。

時間を掛けて最後まで押し入ってきた加賀見は、郁海の呼吸が落ち着くのを待ってから、緩《ゆる》やかに快感を追い始めた。

開かされる痛みと圧倒《あっとう》的な異物感は、結局のところ、いつだって間違《まちが》いなく快感に形を変えるのだ。今まで一度だって裏切られたことはなかった。

「ひぁ……っ、あ……あぁ！」

引き出されていく感触《かんしょく》に鳥肌《とりはだ》が立ち、奥まで抉《えぐ》られる感触に悲鳴が上がる。それらは郁海の身体に甘い疼《うず》きを呼び覚まし、やがてはまぎれもない快感へと形を変えていった。

突き上げられ、かき回されて、いつしか指先まで快感に支配されていた郁海は、甘いばかりの声で鳴きながら、細い身体をびくびくと震わせた。

繰《く》り返し何度も穿《うが》たれて、身に着けたシャツは胸元まで捲れ上がり、指先が触《ふ》れるとそれに反応《はんのう》して加賀見のものを締《し》め付けた。

「ん……ぁっ」

広げた脚《あし》の間の、深いところで加賀見のものを受け入れながら、郁海は溶《と》けていく感覚に半ば陶然《とうぜん》となる。

この感覚が好きだった。言葉で告げたことはないけれど、自分が自分でなくなって、加賀見だけしか感じられなくなるこのときが、とても好きなのだ。

きっと加賀見はわかっているのだろう。

郁海は自分から加賀見に抱きついた。

気持ちが良くて、どうしようもない。良くて良くて、おかしくなりそうだった。

「あんっ……ん、ぁあっ……！」

「郁海……」

身体を重ねたままで、耳を愛撫《あいぶ》される。ここを噛《か》まれることにも郁海はとても弱くなっていて、加賀見を飲み込んだままで何度も大きく全身を震わせた。

絶頂が近い。

深く何度も突き上げられて、頭の後ろが白く弾《はじ》ける。

掠《かす》れた悲鳴は、郁海自身には聞こえていなかった。

ずるりと落ちた腕《うで》を投げ出して、郁海は荒《あら》い息を吐《つ》きながら、薄《うす》く開いた目でぼんやりと宙を見つめた。

開いた唇《くちびる》にキスが落ちた。

それから間もなくして、加賀見のものが出ていく。その感触さえも今は甘い刺激《しげき》になって、郁海はぎゅっと目を閉じてしまう。

「ぁ……っ……」

熱の籠《こ》もった息を吐いてから、郁海はそろりと目を開けた。

目の前には、欲に染まった端整《たんせい》な顔がある。いつもの涼《すず》しい顔ではなくて、郁海に欲情している男の顔だった。

それが妙《みょう》に嬉《うれ》しく感じる。

同じように相手が思ってくれることにこんなに満たされるなんて、恋《こい》をして、こうやって肌《はだ》をあわせるまで知ることのなかった感情だった。

郁海はそっと自分から加賀見にキスをした。

「帰って、シャワーを浴びないとね。ああ、その前に簡単に始末をしておこうか」

脚の間に指先が伸《の》ばされる。

「や……、っん……」

いやらしい音を立てて動き出した指は、少しばかり行為《こうい》の目的を逸脱《いつだつ》しながら、郁海を再び泣かせたのだった。

手伝ってもらいながら服を身に着け、郁海は大きな溜《た》め息《いき》をついた。

「……帰ってからにすればよかったのに……」

今さらのように、郁海は呟《つぶや》いた。

すでに言っても仕方ないことなのだが、車でほんの五分ほどの距離《きょり》だと思うと、つい文句も言いたくなってくる。このまま服を着るのは、あまり気持ちのいいものじゃないが、着替《きが》えもシャワーもないのだから仕方がなかった。

やはり気持ちが悪かった。顔をしかめながら事務所を後にして、加賀見に支えられながらエレベーターに乗った。

こんな具合で、旅行中は果たして大丈夫《だいじょうぶ》なんだろうか。

もっともそんな心配よりも楽しみのほうがやはり大きいのも確かだ。何しろ、旅行らしい旅行を加賀見とするのは初めてなのだから。

「あ……一つ、頼《たの》みがあるんですけど」

「うん？」

「旅行から帰ってきたら……そのまま、あの……お父さんのところに寄ってもらってもいいですか？　お土産《みやげ》とプレゼント、渡《わた》そうと思って。あ、加賀見さんにはその前にちゃんと渡しますから」

日付が変わったら、その瞬間《しゅんかん》に渡そうと思っているのだった。そのために、もうプレゼントは旅行《りょこう》バッグの中に入れてある。

「ああ……」

かすかに頷く加賀見は、ふと笑《え》みを浮かべて郁海の前髪《まえがみ》を優《やさ》しく梳《す》いた。

「何ですか？」

「いや、結局折れるのは君だと思っていたからね」

「……いいじゃないですか」

「悪いとは言っていない。むしろ、いいことだろう？　いちいち堅苦《かたくる》しく考えて、身構えることもないよ。君は、もっと素直《すなお》になっていい」

何ごともそうだと言われて、曖昧《あいまい》にしか返事はできなかった。

加賀見の言っていることはわかるが、簡単にそうなれたら苦労はしないのだ。だが郁海は、自分が以前とは確実に変わってきているのを実感していた。

きっとこれからも、少しずつでも変わっていけるだろう。

一年前には、今の自分は想像もできなかった。加賀見によって、いろいろなことが変わり始めたのだ。

「いつまでも子供じゃないですから」

「ああ」

「僕はちゃんとした大人になる予定なんです。加賀見さんとか、お父さんみたいには絶対ならない」

告げた言葉は掛《か》け値《ね》なしの本気だった。そうしないと、加賀見とのバランスが取れないからだという理由は、心の中にしまっておく。

「それは……たぶん、間違いないね」

笑う口元が、郁海に軽くキスをした。

あとがき

どうもこんにちは、きたざわです。

この『身勝手な～』のシリーズも四冊目となりました。

とりあえずこの本で一区切り、ということになっております。一冊目が出たのが去年の最初の頃《ころ》なので、けっこう早かったですね。

何だかあっという間でした。最近、とみに月日が流れるのが早いです。ついこの間、新年を迎《むか》えたと思ったのに……。

で、これはどういう話だったかというと、ダメな大人（加賀見含《かがみふく》む）たちに囲まれた主人公が、「自分はまともな大人になるぞ！（というより、ああはならないぞ）」と決意を固めていくまでの話です。

半分くらいは本当です。

おそらく郁海《いくみ》はこの先も周囲の大人たちに目くじら立てながら生きていくと思われます。でも最初の頃よりはマシなんですよね。多少は角《かど》も取れていますし、それはある意味で、加賀見たちからのよい影響《えいきょう》……？

そんなわけで、この人たちは、きっとずっとこんな感じでやっていくのでしょう。

素晴《すば》らしいイラストをつけてくださいました佐々成美《さっさなるみ》様、本当にどうもありがとうございました。いたいけな感じの郁海が、いつもとても可愛《かわい》くて、加賀見の楽しげな余裕《よゆう》の表情などが、うっとりするほど格好よかったです。

いけないことされている感じの表紙も、毎回とても素敵《すてき》でした。

そしてこのお話を書く機会を与《あた》えてくださいました編集さんにも感謝いたします。とてもいい思いをさせていただきました。ありがとうございました。

このお話を読んできてくださった皆様《みなさま》もありがとうございました。

次回はまた、別のお話でお目にかかると思いますが、そのときもまたぜひよろしくお願いいたします。

きたざわ　尋子

KADOKAWA
RUBY BUNKO

身《み》勝《がつ》手《て》な束《そく》縛《ばく》

きたざわ尋子《じんこ》

角川ルビー文庫　R80-4　12893

平成15年5月1日　初版発行

発行者――井上伸一郎
発行所――株式会社角川書店
東京都千代田区富士見2-13-3
電話/編集(03)3238 8697
営業(03)3238-8521
〒102-8177　振替00130-9-195208
印刷所――暁印刷　製本所――コオトブックライン
装幀者――鈴木洋介

ISBN4-04-446204-6　C0193　定価はカバーに明記してあります。

KADOKAWA RUBY BUNKO

角川ルビー文庫

いつも「ルビー文庫」を
ご愛読いただきありがとうございます。
今回の作品はいかがでしたか？
ぜひ、ご感想をお寄せください。

〈ファンレターのあて先〉

〒102-8177 東京都千代田区富士見2-13-3
角川書店 アニメ・コミック編集部気付
「きたざわ尋子先生」係

沢城利穂
原案/つたえゆず
好きなものは好きだからしょうがない!!
FIRST LIMIT
転落事故に記憶喪失、そしてユーレイ…
男子校にはヒミツがいっぱい!?
©2000 プラチナれーべる/SOFTPAL Inc.
イラスト/つたえゆず

ルビー文庫